FABIANE RIBEIRO

DEUS
está ao telefone

Ele estava decidido a se suicidar, mas recebeu um chamado inesperado...

São Paulo
2018

Grupo Editorial
UNIVERSO DOS LIVROS

Diretor editorial: **Luis Matos**

Editora-chefe: **Marcia Batista**

Assistentes editoriais: **Aline Graça e Letícia Nakamura**

Preparação: **Giacomo Leone Neto**

Revisão: **Mariane Genaro e Alline Salles**

Arte: **Aline Maria e Valdinei Gomes**

Capa: **Rebecca Barboza**

Dados Internacionais de Catalogação na Publicação (CIP)
Angélica Ilacqua CRB-8/7057

R369d

Deus está ao telefone / Fabiane Ribeiro. -- São Paulo : Universo dos Livros, 2018.

112 p.

ISBN 978-85-503-0172-3

1. Literatura brasileira 2. Suicídio - Ficção I. Título

17-1874 CDD B869

Índices para catálogo sistemático: 1. Literatura brasileira

Universo dos Livros Editora Ltda.

Rua do Bosque, 1589 – Bloco 2 – Conj. 603/606

CEP 01136-001 – Barra Funda – São Paulo/SP

Telefone/Fax: (11) 3392-3336

www.universodoslivros.com.br

e-mail: editor@universodoslivros.com.br

Siga-nos no Twitter: @univdoslivros

"A recordação é o perfume da alma. É a
parte mais delicada e mais suave do coração,
que se desprende para abraçar outro coração
e segui-lo por toda a parte."

– George Sand

Com amor, dedico este livro à minha mãe, Viviane.
Mesmo quando estamos distantes, ela sempre está do outro lado da linha, conversando comigo sobre esta e outras histórias, ajudando-me a cada nova estação nessa jornada.

1.
Estações e solidões

Tenho outra chamada. Fique perto do celular. Voltarei a ligar em instantes.

As luzes do metrô cintilavam em seus olhos. Vozes distantes, sons abafados, palavras sussurradas, risos escondidos, passos apressados. As pessoas iam e vinham com seus caminhos se cruzando entre destinos tão iguais e tão diferentes.

Mesmo que não fitasse ninguém, ele podia sentir aquelas vidas tão próximas da sua, envolvendo-o, sem que ninguém pudesse imaginar o que se passava dentro da sua cabeça naquele instante. Não saberia dizer por quantas horas ficou ali apenas observando os trilhos e as pessoas, o movimento dos vagões que se aproximavam e, em instantes, desapareciam nos túneis.

A vida pulsava ao seu redor, e ele a acompanhava de perto, mas apenas como um mero observador. Às vezes, esquecia até mesmo que estava respirando. *Ainda.*

Com o passar das horas, a multidão ao seu redor foi se rareando. Os trabalhadores e os estudantes foram encontrando seus caminhos e, consequentemente, as palavras entrecortadas e os passos apressados se distanciavam, deixando-o cada vez mais só. Entretanto, essa solidão não o atormentava, visto que era exatamente o que ele buscava ao esperar pacientemente que as horas passassem e a estação esvaziasse.

Por fim, aproximou-se da plataforma contemplando os trilhos. Não tinha dúvidas sobre o que iria fazer, então apenas precisava aguardar o momento certo para agir e para que nada nem ninguém o atrapalhasse.

Depois de observar a movimentação do metrô com cautela, sabia que, se agisse no momento errado, o freio dos vagões seria acionado e, se isso acontecesse, provavelmente não alcançaria seu objetivo.

Já estava perto do horário de a estação fechar, quando ele se viu sozinho na plataforma, então percebeu que aquele era o momento exato para cumprir com o seu objetivo.

Aproximou-se ainda mais da beira da plataforma. Os dedos dos pés flutuavam sobre os trilhos do metrô e apenas os calcanhares o sustentavam sobre o chão.

Dizia para si mesmo que não estava nervoso, que estava completamente seguro de sua decisão. Contudo, podia sentir o coração batendo forte, acelerado, em ritmo nervoso e, embora não fizesse calor, gotas de suor deslizavam sobre sua face, bem como as palmas das suas mãos estavam úmidas por um suor inesperado.

Foi quando sentiu o ligeiro tremor das paredes e do teto da estação, e ouviu o barulho que vinha de dentro do túnel, anunciando o metrô prestes a chegar. Fechou os olhos, abriu os braços e sussurrou para si mesmo: *é agora!*

Aquele era o momento.

Prendendo a respiração, sentiu o vento bater em sua face e projetou o corpo alguns centímetros para a frente. Faltavam poucos segundos para atingir o destino final e não haveria mais volta.

Naquele instante, um barulho estridente penetrou seus ouvidos. Era o toque de um celular. Como se despertasse de um sonho, abriu os olhos por instinto, percebendo que seu momento fora interrompido. Aquele momento o qual havia planejado com tanto cuidado e pelo qual ansiara.

Observando ao redor, notou que não havia mais ninguém na estação, então deu-se conta de que o celular que tocava estava dentro de seu bolso. Alguém ligava para ele.

As mãos de Will tremiam.

Ele segurava o celular e, sem que se desse conta, havia dado um passo para trás na plataforma. Agora, com os dois pés completamente firmes sobre o chão, olhava para as próprias mãos sem saber o que fazer ao passo que uma confusão se passava por sua mente. Tinha certeza de que desligara o celular antes de encarar os trilhos do metrô e avançar para o destino que escolhera para a própria vida. Contudo, não podia negar que o aparelho agora tocava.

À sua frente, o vagão do metrô estava parado com as portas abertas, esperando que passageiros entrassem e saíssem, entretanto, não havia passageiro algum àquele momento, apenas Will. A estação se encontrava completamente vazia, assim como os vagões. O silêncio seria sepulcral, não fosse pelo celular que continuava a tocar.

Alguém telefonava para Will, e isso o impedira de estar sobre os trilhos naquele momento. Uma fração de segundo mudara tudo, surpreendendo-o. O celular tocava sem parar.

Para tornar tudo ainda mais inusitado, não apenas alguém ligava no exato instante em que seus pés se distanciaram do chão, mas quem quer que fosse que estivesse telefonando naquele momento inoportuno, era bastante insistente, pois o celular não parava de tocar. Will queria lançar o aparelho para longe dali, arremessá-lo contra a parede ou então jogá-lo no chão, pisoteando-o com toda a sua força, até que não restasse uma parte intacta sequer.

Aquele som ecoava pela estação, ricocheteando contra as paredes frias e atingindo o rapaz com intensidade, arrepiando-o e assustando-o, como se aquele fosse o último e mais forte som do mundo todo. Seu coração parecia agora bater naquele ritmo, como se seu corpo e o aparelho em sua mão tivessem se fundido, tornando-se um só.

Um pavor sem explicação percorreu todo o seu ser, fazendo tremer suas mãos à medida que levava o aparelho até o ouvido. Ele não saberia dizer por que decidira atender a ligação. Na verdade, não se tratava de uma decisão, simplesmente agia por impulso e até mesmo por certo medo mesclado a uma curiosidade irritante.

Sem pensar em mais nada, incapaz de controlar os próprios pensamentos, aproximou o celular do rosto, respirou fundo e disse:

– Alô.

Alguns instantes do mais profundo silêncio seriam oportunos naquele momento. Ele precisava se recompor antes de ouvir o que a pessoa do outro lado da linha tinha a dizer. Entretanto, a pessoa não lhe deu tempo ou escolha. Imediatamente, respondeu, parecendo bastante feliz, até mesmo rindo um pouco:

– Olá, Will. Entre no vagão. Precisamos conversar.

Ao adentrar o vagão, Will escolheu um lugar para se sentar, percebendo que era o único ali. Sentindo o metrô começar a deslizar pelos trilhos, enxugou o suor da testa com a mão trêmula e aproximou o celular do ouvido mais uma vez:

– Fico feliz ao ver que você está mais calmo – disse a voz do outro lado da linha.

– Mais calmo? Eu não estou mais calmo!

– Engano meu, então.

– Quem está falando?

Após fazer aquela pergunta, percebeu que não conseguia definir se falava com um homem ou uma mulher, ou muito menos a idade da pessoa. Poderia ser uma criança ou um idoso. A ligação, apesar de clara, parecia alterar a voz da pessoa constantemente, de modo que fosse impossível identificar de quem se tratava.

– Sou alguém que deseja conversar. Apenas isso.

– Mas quem é você? Preciso saber disso se formos conversar. *Se* formos conversar, ok? Ainda não disse que concordo.

Rindo e parecendo ter uma voz mais infantil do que nunca, a pessoa apenas respondeu:

– Pode me chamar como quiser.

– Como eu quiser?

– Sim, Will. Como você quiser.

– Por sinal, como sabe meu nome? E o meu número? Você sabia que eu estava...

– Tantas perguntas, Will. Não se esqueça de respirar entre elas.

A voz riu ainda mais, e Will deu-se conta de que agora estava ofegante, pois não percebera que vinha respirando precariamente.

– Você não é do tipo que responde – disse Will, por fim.

– Já escolheu como vai me chamar?

O rapaz estava aflito com aquilo. Gostava de pensar que todos os nomes tinham um motivo, um sentido mais profundo, uma razão de ser. Contudo, não lhe vinha à mente um nome adequado para aquela pessoa. Talvez por não saber de quem se tratava. Ou por não ter ideia do que estava acontecendo em sua vida. Ou talvez porque estivera prestes a se jogar à frente do vagão no qual agora se encontrava.

Sua mente fervia.

– Sol. Seu nome será Sol.

– Gostei desse nome – Sol respondeu. – Posso saber por que o escolheu?

– Adoraria ter uma explicação filosófica e poética para essa escolha, mas não exija nem espere muito de mim neste momento. Como você bem sabe, estou em um vagão de metrô, e adivinha o que não falta por aqui? Propaganda!

– Esperto. Já entendi aonde você quer chegar.

– Exato. Há uma propaganda de óculos de sol bem à minha frente. Parece moderníssimo; por sinal, eu gostaria de um desses para esconder minhas olheiras.

Sol riu.

– Você é engraçado, Will.

– Sou?

– Sim. É.

– Fico feliz, Sol. Agora me diga, e vou tentar ser educado ao lhe perguntar isto: O QUE ESTÁ ACONTECENDO?

Mais uma vez, ele falara com tanta fúria que suas mãos voltaram a tremer com intensidade e seu coração voltou a saltar freneticamente no peito.

– Desculpe, Will. A outra linha está tocando.

– O quê?!

– Tenho outra chamada. Fique perto do celular. Voltarei a chamá-lo em instantes.

– O que isso significa? Você não respondeu a nenhuma das minhas perguntas até agora. Eu não sei o que estou fazendo neste metrô vazio, nem para onde estou indo, muito menos por que você me ligou bem quando...

A ligação havia caído. Ou melhor, ele percebeu que Sol já havia desligado.

Sentindo-se frustrado e irritado, questionou as escolhas que acabara de fazer. Por que havia decidido não pular da plataforma? Por que atendera aquela ligação estranha, de um número desconhecido, e ainda entrara no vagão?

Por outro lado, nada daquilo parecia ter sido uma escolha. Era como se ele tivesse sido gentilmente conduzido a tomar certas atitudes sobre as quais não tivera tempo de refletir.

Agora, sentindo a velocidade do vagão sobre os trilhos, o ar frio da noite que o envolvia com pressa, o silêncio absoluto à sua volta e contemplando o celular desligado em sua mão, ele podia finalmente refletir e sentir-se mais estúpido do que nunca.

– Will, você não aprende mesmo – sussurrou para si.

Foi trazido de volta dos próprios pensamentos quando o metrô parou na estação seguinte.

Com curiosidade, Will observou a plataforma à qual chegara. Não conhecia aquele lugar. Mas, tratando-se da estação seguinte à qual costumava frequentar, por que o local parecia tão diferente?

Olhou para o relógio no próprio punho. Estava parado. *Estranho*, pensou. Ele estava funcionando da última vez que o checou. Mesmo que não soubesse a hora exata, sabia que todas as estações de metrô já deveriam estar fechadas. Aquela, na qual agora se encontrava, parecia deserta, com apenas duas luzes acesas, tornando o lugar bastante lúgubre e até um pouco assustador.

O silêncio era absoluto, e o frio da noite imperava, acariciando a pele como uma seda mortal a envolvê-lo. O corpo de Will voltou a se arrepiar de pavor. Onde estava? O que estava acontecendo?

Fitou o celular que carregava nas mãos. Desligado. Completamente sem bateria. Como Sol teria ligado?

Essa não era mais a questão, pensou. A pergunta certa a se fazer naquele momento era: será que Sol ligaria de novo?

Levantou-se do banco dentro do vagão do metrô e observou com ainda mais atenção a estação na qual estava parado.

Como se quisesse aumentar a sensação de absoluto pavor e estranheza que Will sentia naquele momento, um vulto surgiu vindo das escadarias do metrô. Passo a passo, ecoando e reverberando por aquela noite aterrorizante.

Will voltou a sentar-se, agora em um banco bem ao fundo do vagão, como se fingisse não estar ali. Até se abaixou um pouco.

Não sabia o que fazer ou o que esperar.

O vulto se aproximava e, sob a meia-luz bruxuleante da estação, Will podia espiar por entre os vãos dos dedos, com os quais cobria o rosto, que, quem quer que fosse, andava na direção exata do vagão em que ele estava.

– Por favor, não entre aqui – Will balbuciou para si mesmo, na esperança de que aquela noite não se tornasse ainda mais estranha e pavorosa.

E é claro que aconteceu exatamente o oposto do que ele desejava. A estranha figura entrou no mesmo vagão em que ele estava.

As portas do metrô se fecharam em seguida, começando a deslizar pelos trilhos e ganhando força aos poucos até atingir sua velocidade impiedosa, vencendo túneis e distâncias, levando Will e sua estranha companhia para longe.

Agora, dentro do vagão iluminado, distante daquela plataforma obscura que acabavam de deixar para trás, o rapaz podia ver com clareza que o vulto, na verdade, era uma pessoa encapuzada, e se permitiu respirar aliviado. *Pelo menos não se trata de uma assombração*, pensou. Percebeu que, apesar do capuz escuro que a recobria, aquela pessoa parecia baixinha e miúda.

Após observá-la por alguns instantes e constatar que ela não se viraria para revelar sua identidade, ele resolveu ir até lá, afinal, aquela noite já estava estranha o suficiente e ele não tinha mais nada a perder. Com uma súbita curiosidade disfarçada de coragem, aproximou-se da pessoa encapuzada.

À medida que se aproximava, sentia o coração disparar. Não podia mais mentir para si próprio. Estava sentindo um aroma bastante familiar que, ao mesmo tempo que o aconchegava, atormentava-o mais que tudo.

O cheiro, o perfume responsável por todas as alegrias e as dores da sua vida.

Will sentira aquele cheiro quando o vagão parara na estação na qual a figura encapuzada subira; havia dito para si mesmo, porém, que era coisa da sua cabeça.

Aquele aroma não era real. Não ali, naquele vagão frio e silencioso, em uma estação de metrô qualquer. O cheiro vivia nele, bem sabia disso. Entretanto, já não podia negar que, além de estar em seu interior, intrincado ao seu ser, costurado à sua alma, aquele perfume agora também emanava ao seu redor.

Passo a passo, meio cambaleando em razão da alta velocidade do metrô e do pesadelo real que parecia viver, Will aproximou-se da pessoa que lhe fazia companhia naquela viagem inusitada.

A cada instante, o perfume ficava mais forte. Quando estava próximo o suficiente, o rapaz estendeu a mão trêmula e tirou o capuz da pessoa. O cheiro estava tão próximo... Ele sentiu-se zonzo.

Aquele rosto, agora descoberto, o fitava. Ele se lembrava daquele rosto. Lembrava-se muito bem. Nunca a havia visto antes, mas a conhecia profundamente.

Como tudo aquilo poderia ser possível?

Os cabelos ruivos com mechas azuis. Olhos verdes como a relva após a chuva. Sardas recobrindo as bochechas, que se recurvavam em um sorriso gentil. E o cheiro... Cheiro de dama-da-noite.

Lembrava-se de tudo, sentindo cada centelha do passado viva sobre sua pele, acariciando-o, ao mesmo tempo que o torturava.

Aproximando-se ainda mais, ela disse:

– Olá.

Naquele instante, Will desmaiou.

2.
Quando as flores ainda estavam vivas

Tudo bem. Como queira, Will. Comece a contar sua história pelas flores vivas então.

Pouco a pouco, sentia o peso das pálpebras ao tentarem se reabrir. A luz voltava, tudo ainda girava.

– Já era hora!

Ao ouvir aquelas palavras, Will reencontrou as forças necessárias para se mover. Sua cabeça doía, e o frio do piso do vagão em que estava o atingiu.

– Sua voz... – ele disse para a moça que o fitava de perto.

– O que é que tem a minha voz?

– Nunca ouvi a sua voz nem sei ao certo como a imaginei, ou mesmo se a imaginei algum dia. Seria uma versão mais madura da voz que conheço – ele disse, mais para si mesmo que para ela.

– Você está bem, cara? Acho que a pancada no chão quando você desmaiou afetou seus miolos.

– Estou bem, sim. Estou muito bem! – disse ele, levantando-se de vez, com pressa de olhá-la e de entender tudo aquilo que agora vivia.

– Seu celular tocou algumas vezes enquanto você estava no chão, inconsciente. Eu o chacoalhei, mas você estava apagado mesmo.

– O quê?! Meu celular?

Will virou-se para o mesmo ponto ao qual ela agora fitava. O aparelho estava no chão do vagão. Era bem provável que caíra junto de Will, e permanecia completamente desligado. Como poderia ter tocado de novo? Seria Sol? Não importava. Ele, agora, estava com preocupações mais importantes.

Voltou sua completa atenção para a jovem ruiva à sua frente.

– Você é maluco? – ela indagou sem rodeios.

– Desculpe, não sei como explicar nada do que está acontecendo. Eu mesmo não entendo como isso é possível.

Ele esticou uma das mãos, como se quisesse tocar sua face.

Dando-lhe um tapa, ela levantou-se e foi sentar-se mais longe.

– Eu não queria assustá-la. Mas eu a conheço muito bem. Eu a conheço há muito tempo. *Daiana.*

Ao ouvir o próprio nome, ela o encarou assustada e, ao mesmo tempo, curiosa.

– Quem é você, afinal? – Daiana questionou, levantando-se, como se o confrontasse.

– Destemida, teimosa, curiosa. Exatamente como tinha que ser.

–Você é maluco! Vou descer na próxima estação e chamar a polícia.

– Por favor, me perdoe. Eu posso explicar.

Ela parecia nervosa com tudo aquilo, e com grande receio no olhar. Feria Will pensar que ela pudesse ter medo dele.

Respirando fundo, ele encarou-a e disse:

– Eu a criei.

– Me criou? Tipo… meu pai? Meu tio? Você me adotou?

–Você não se lembra, não é?

– Não. Não lembro. Você não me parece tão velho. Tem idade para ser meu pai? Eu tenho 21 anos.

– Eu sei, Daiana. Eu tenho 40. Eu me chamo Will, por sinal. Mas nada disso importa agora, não sou seu pai.

– Quem é você, Will?

– Engraçado. Ultimamente, tenho me feito muito essa pergunta.

– Encontrou alguma resposta?

– Ainda não, Daiana. Mas talvez tudo o que esteja acontecendo agora tenha esse propósito: me fazer encontrar a resposta para essa pergunta.

– O que está acontecendo? – ela quis saber, voltando a sentar-se mais próximo.

– Bem, aconteceu muita coisa na minha vida. Para você ter uma ideia, apenas nesta noite, fui até a estação de metrô, na qual iria saltar à frente do trem. Então, meu celular – que estava desligado – tocou. Uma pessoa de voz indecifrável, que parecia me conhecer, ou melhor, me observar, a qual eu chamei de Sol, ligou e me disse que entrasse no metrô vazio à minha frente. Então, paramos em uma estação estranha e desconhecida logo em seguida, e você entrou. E o mais estranho de tudo é que é você, Daiana! A figura sob o capuz é você! E o seu perfume…

– Dama-da-noite – ela disse.

– Exato! A flor da minha infância, da minha vida.

– É, você parece estar tendo uma noite um tanto… estranha. Mas disse que aconteceu muita coisa em sua vida. Não apenas nesta noite.

– Gostaria de ouvir sobre a minha vida? Sobre tudo o que me guiou até este momento?

– Por que não? Não parece que este metrô vai parar tão cedo. Eu gostaria de ter uma distração até a próxima estação. Além disso, quero entender como me conhece e por que diz ter me criado.

Will a fitava, bastante surpreso.

– O que foi? – Daiana perguntou.

– Ninguém nunca teve interesse em me ouvir antes.

– Este não é um momento como os outros. Você mesmo disse.

– De fato, não é.

Will fechou os olhos, tentando encontrar dentro de si o momento sobre o qual queria falar. Ele precisava explicar-lhe como a conhecia tão bem. Começaria pelo perfume. Tudo iniciou com aquele aroma. Damas-da-noite, um jardim delas.

Reabriu os olhos e encarou Daiana, que o observava com atenção.

– Minha história começa com flores – ele disse. – Vivas.

– Flores vivas?

– Exato.

– Que coisa estranha de se dizer – Daiana riu. – Por que alguém iria pensar que são flores mortas?

– Justamente porque elas morrem no decorrer desta história.

– Sim, mas por que enfatizar o fato de elas estarem vivas no momento em que importa para sua narrativa? Isso é bastante óbvio.

– Não é. Desculpe, Daiana. Você está enganada, e isso não é algo que acontece com frequência. Não é óbvio o fato de as minhas flores estarem vivas no momento em que quero apresentá-las a você. Elas estiveram mortas em muitos outros momentos e, sobretudo, em momentos que importavam demais.

– Tudo bem. Como queira, Will. Comece a contar sua história pelas flores vivas então.

Sorrindo, ao perceber o quanto ela realmente era parte de tudo aquilo, ele viajou daquele estranho vagão de metrô pelos trilhos e, depois, pelos anos.

Como se deslizasse por um calendário, percorreu os anos e encontrou-se em um passado distante, décadas atrás. Um jovem, com apenas 18 anos, recém-formado no ensino médio, querendo encontrar o próprio futuro. Desenhá-lo, moldá-lo, agarrá-lo com as mãos.

Era tão cheio de vida... assim como as flores do pequeno jardim nos fundos da casa em que vivia com os pais. O jardim da sua mãe.

O jardim de damas-da-noite. Todas ainda vivas.

3.
Daiana

Por um instante ínfimo, meu coração encontrou, naquele pequeno universo, até então desconhecido, o tempo suficiente para viajar até o espaço e voltar sorrindo.

Meus pais tomavam conta de um vinhedo bem perto do oceano, uma herança de família que nos havia sido deixada. Tínhamos parreiras a se perder de vista bem à frente de nossos olhos todas as manhãs quando acordávamos, desde que eu posso me lembrar.

Nossa casa era espaçosa e aconchegante ao mesmo tempo, mas grande demais para apenas três pessoas.

Era como uma cabana refinada, construída toda de madeira, com decoração rústica. Outra herança dos meus avós.

Em nossa vinícola havia tudo para o processamento do vinho, desde a plantação das uvas até o momento final, o produto pronto para o consumo.

Trabalhar com vinhos era como trabalhar com arte. Na verdade, era uma forma de arte, meu pai costumava dizer.

O aroma, a cor, a suavidade. Tudo era pincelado com a delicadeza e a precisão de um pintor de telas.

Eu cresci em meio àquilo tudo, perdendo-me por entre as uvas, correndo por elas para chegar até o mar e dar um mergulho. Era o paraíso.

Não consigo pensar em um lugar mais feliz que a velha fazenda da minha família.

Tínhamos vários animais, além das plantações. Dois cães farejadores, em especial, eram meus grandes amigos, o Tilim e o Estéfano.

Grandes, marrons, desajeitados e sempre com os focinhos recobertos por sumo das uvas que comiam. Duas figuras. Dois seres especiais, sempre capazes de trazerem sorriso ao meu rosto.

Tilim adorava cenouras cruas. Toda manhã, assim que eu acordava, tinha que lhe dar uma cenoura, antes mesmo do meu desjejum, senão ele seria capaz de derrubar a casa.

O Estéfano, por sua vez, não tinha particularidades quando se tratava de comida. Gostava de tudo e rondava a comida do Tilim, sempre à espreita de alguma sobra.

Em vários momentos do dia, eles brigavam por comida. E também por atenção, carinho, um brinquedo (que poderia ser até mesmo um pedaço de corda velha) ou simplesmente porque os roncos de um acordavam o outro.

Brigavam o tempo todo, como dois velhos irmãos ranzinzas, mas não viviam um sem o outro. Amavam-se da forma mais profunda possível.

Eles me ensinaram muito. Sobre amor, companheirismo e até mesmo sobre aceitar as falhas daqueles que estão ao nosso redor.

Meus pais eram, assim como nossos cães, nossa fazenda e nossa vida toda, pessoas especiais.

Papai vivia sempre atarefado com as uvas. Ele acordava às 5 horas todos os dias. Nenhum dia era diferente. Para ele, não havia feriado nem férias. Amava aquele nosso pedaço de chão com a própria alma.

Mas isso não fazia dele um pai ausente. Pelo contrário, ele usava o próprio trabalho como uma forma de unir nossa família. Eu e mamãe sempre o acompanhávamos e trabalhávamos no vinhedo ou na vinícola. Mamãe, claro, também tinha muitas tarefas na casa, apesar de termos muitos empregados, e os cuidados com nossos animais.

Desde bem pequeno, aprendi a ajudar em tudo. Papai me ensinou tudo sobre as uvas e os vinhos.

Entretanto, apesar de amar tudo aquilo do fundo do meu coração, sempre busquei algo diferente. Algo além das uvas e do mar. Algo que ia ainda mais longe, como o horizonte, que encontrava o mar, mas que ia muito além.

Nasci e cresci amando o aroma das uvas, elas eram tão numerosas ao meu redor que não me davam escolha.

Mas não pense que esse amor era falso ou superficial. Eu realmente amava aquelas parreiras e o cheiro adocicado com que me acordavam a cada manhã. Contudo, sempre houve outro aroma que me chamava a atenção.

Um perfume que vinha discreto encontrar-me, chamar-me, convidar-me.

Eu tentei encontrá-lo quando menino, pois, desde muito pequeno, sentia sua presença sem identificá-lo.

Quando tive idade suficiente para andar, encontrei de onde vinha aquele perfume, discreto e camuflado, sobreposto pelo cheiro dos vinhos.

Encontrei, então, o pequeno jardim de damas-da-noite que mamãe cultivava em nosso quintal.

Elas me mostraram tudo sobre o mundo, ensinaram-me o segredo mais valioso da vida: como fazer seu perfume ser notado em meio a tantos e tão deliciosos aromas, tão mais marcantes e chamativos que o seu.

Passei a amá-las.

Amei aquelas flores por todos os anos quando elas floresciam e perfumavam meu quintal, deixando seu rastro silencioso de perfume, quase imperceptível em um vinhedo tão grandioso.

Descobri, vendo-as desabrocharem e, então, murcharem quando fosse a hora, que elas eram como eu, como qualquer um de nós: pequeninas no mundo, quase imperceptíveis. Mas tão espetaculares... Capazes de atrair pela sutileza, pela simples leveza de existir.

As damas-da-noite de nosso vinhedo se faziam sentidas em meio ao mais absurdo, grandioso e estrondoso festival de aromas que se pode imaginar.

Elas eram a prova de que qualquer existência, por menor que possa parecer, sempre encontra uma forma de se fazer eterna, por meio de um rastro (de perfume, nesse caso), uma ínfima porção de nós que podemos compartilhar com o mundo, sempre à espera de alguém que vai nos notar.

Alguém que vai sentir esse nosso rastro e encontrar-nos em um jardim qualquer, em um dia qualquer, em um canto qualquer da vida, fazendo-nos visíveis em meio ao caos. Alguém que vai seguir o rastro de pólen que a gente deixa sobre a grama.

Se as damas-da-noite me ensinaram tudo isso e muito mais, foram elas que eu procurei quando fiz 18 anos e conheci alguém especial, alguém cujo perfume eu senti de longe, anunciando sua chegada.

Como eu disse, cresci ajudando meu pai em todos os afazeres da vinícola, e havia um em especial que eu adorava: guiar os visitantes.

Duas vezes por semana, abríamos a fazenda para visitação pública. Turistas vinham de longe conhecer nosso processamento da uva, tirar fotos entre nossas parreiras e o oceano, provar nossos vinhos.

Nesses dias, em especial, papai precisava de muita ajuda. Então, sempre me prontificava. Enquanto ele próprio e alguns de seus funcionários davam explicações e mostravam tudo sobre as uvas e os vinhos, contando até mesmo a história de nossos antepassados, encarregava-me de supervisionar de perto o grupo de visitantes, andando entre eles, pronto a responder a dúvidas, sempre checando se tudo corria conforme o esperado.

Ela estava em meio a um grupo de visitantes, turistas vindos de outra região. Miúda, quase imperceptível entre as outras pessoas. Como o cheiro da dama-da-noite tentando ser notado em meio a uma confusão de aromas de uvas e vinhos.

Ela tinha olhos de quem queria ser vista, encontrada, apreciada. Mesmo que pequeninos em meio a uma multidão de outros olhos, os dela brilharam de forma diferente para mim. Sobressaíram-se, fizeram-se notar.

Foi quase como se seu olhar deixasse um tapete de brilhos como rastro, para que eu a seguisse a cada passo. E foi isso que fiz.

Naquela tarde de visitas, eu a segui de perto. Espreitando-a dos cantos, observando-a entre os outros visitantes. Atraído por seu brilho, que, para mim, brilhou de forma diferente desde o primeiro instante, chamando-me.

Quando ela sorriu, meu coração saltou no peito.

Quando ouvi sua voz dirigindo-se a um dos amigos, meu coração dançou.

Quando me aproximei da mesa em que ela degustava um de nossos vinhos, e a vi bem de perto, tão perto quanto jamais estive de uma estrela, meu coração recitou um poema inteiro.

Quando lhe servi um pouco mais de vinho e, sem querer, nossas peles se encontraram por um instante ínfimo, meu coração encontrou, naquele pequeno universo, até então desconhecido, o tempo suficiente para viajar até o espaço e voltar sorrindo.

E foi quando a ouvi dizer seu nome que meu coração sentiu o perfume das damas-da-noite que emanava de seu ser.

Daiana.

Com os pensamentos de volta à realidade do metrô, Will notou que lágrimas silenciosas rolavam sobre sua face. Sem que tivesse se dado conta, envolvera-se no passado de forma íntima e completa.

E o passado o recebera como quando se encontra um velho amigo, de quem muito se afastou, mas que deixou uma saudade que dói e castiga. Sendo assim, era bom e ruim encontrar aquele amigo, que tinha gosto doce e, justamente por isso, Will sentia ainda mais dor ao revisitá-lo, pois sabia o que acontecia em seguida.

Sua vida acontecia. E todos os motivos e as dores que o haviam conduzido sem gentileza alguma àquela noite, àquela estação de metrô na qual planejara acabar com tudo.

– Ei, você está aqui? – era a voz de Daiana, chamando Will de volta.

Ele limpou a garganta. Parecia difícil até falar agora.

– Estou – disse.

– Eu não estou entendendo nada, Will. Você está contando a história de como conheceu essa tal Daiana, certo?

– Certo.

– O fato de ela ter o mesmo nome que eu é apenas coincidência? Só pode ser.

– Não, não é apenas coincidência.

– Mas não me lembro de ter vivido nada do que você está dizendo. E eu não teria idade o suficiente para ser sua Daiana. Ela tem a sua idade, não é?

– Exato.

– Continuo não entendendo nada – bufou Daiana, cada vez mais confusa. – Mas, devo admitir, sua narrativa me cativou. Consegui sentir amor em cada uma de suas palavras. Seus pais, a fazenda com o vinhedo e a vinícola e a vista para o mar. Tilim e Estéfano. As damas-da-noite. Os visitantes. A outra Daiana, a *sua* Daiana.

– Existe mesmo muito amor nessa história toda.

– Na sua vida, você quer dizer? Essa história é sua vida. Então, posso concluir que você é uma pessoa de sorte e há muito amor em sua existência.

– Não mais – Will sentiu cada uma das dores de dizer essas palavras, cortando-lhe a alma e envolvendo sua nostalgia em um abraço de neblina densa.

– Se não for pedir demais, por favor, continue a narrativa. Quero saber tudo sobre a outra Daiana.

Will levantou-se do banco do vagão do metrô por um instante e foi até uma das janelas.

Estavam em velocidade tão alta que ele não conseguia ver muito do exterior, exceto o concreto das paredes quando atravessavam túneis. Notou também, por rápidos vislumbres, que passaram por várias estações vazias. Não havia nem sinal de que parariam a qualquer momento.

Muitas perguntas pairavam em sua mente. Ainda não sabia o que estava fazendo ali e o que todos os acontecimentos daquela noite significavam.

Pegou o celular desligado nas mãos. Sol não voltara a ligar.

Pensou, então, que, talvez, tivesse sido sua imaginação. Olhou para a jovem Daiana, sentada no metrô, fitando-o com curiosidade. Seria ela também uma imaginação?

Não era possível.

Sua presença era tão real e, sobretudo, seu perfume. Mas como?

Tomando coragem, voltou a sentar-se, respirou profundamente e, aproveitando-se da velocidade do metrô, viajou rapidamente mais de duas décadas no passado, encontrando a si mesmo e a verdadeira Daiana, com 18 anos, na velha fazenda de sua família.

Continuou a contar sua história.

Daiana estava de costas quando me aproximei.

Seus cabelos vermelhos resplandeciam em meio às parreiras, e seu vestido dançava discretamente ao som da brisa mansa do oceano.

– Você está perdida? – perguntei, cumprindo meu papel de guia dos visitantes do vinhedo.

Ela girou levemente sobre os calcanhares e fitou-me.

Eu poderia tentar descrever mil vezes o que senti naquele instante. No exato momento em que ela desviou o olhar e a atenção, ambos, para mim.

Contudo, nunca ninguém soube da existência de palavras tão grandiosas quanto aquelas que poderiam, talvez, começar a descrever meus sentimentos. Foi tão lindo e tão maravilhoso que doeu em mim, pois eu queria desesperadamente saber mais sobre ela, tocar em sua face. Aproximar-me. Conhecê-la da mesma forma que conhecera as damas-da-noite quando garoto.

Simplesmente, tais palavras não existem e jamais existirão, porque aquilo que é tão grande e devastador como o que senti ao encontrar a minha Daiana naquele momento, o nosso primeiro momento realmente juntos não pode caber em regras gramaticais, culturais, expressões ou idiomas. É algo além de tudo.

– São centenas de parreiras – disse, tentando justificar minha pergunta anterior. – É comum que alguns visitantes se percam da primeira vez.

– Interessante – ela disse.

Apenas ri. Então, sentindo tremer minhas mãos e tentando disfarçar tal nervosismo, tomei coragem de perguntar:

– O que exatamente é interessante?

– São necessárias cerca de 300 uvas para que se produza uma garrafa de vinho. Isso me faz pensar no quanto aquilo que deve ser apreciado na vida é um conjunto, uma união. Uma composição de propósitos – disse Daiana.

– Uma composição de propósitos?

– Sim. Cada uma dessas 300 uvas nasce com um propósito que, ao mesmo tempo, é igual e diferente das demais, e elas unem-se, formando algo belo e único, que, em instantes, pode acabar. Com um simples gole ou um simples despejar. É assim a vida, não é, Will?

– Como você sabe meu nome? – indaguei curioso.

– Ouvi você dizer.

– Sim, a vida é mesmo como as tantas uvas que se unem para formar algo tão belo quanto o vinho, que pode se perder em um instante pequeno e infinito como um gole. Você é poeta, Daiana?

– Também escutou meu nome?

– De fato.

– Não, Will. Não sou poeta. Costumo dizer que os poetas têm a profissão mais valiosa do mundo, e certamente não me considero dona de tamanho talento ou responsabilidade.

– Você não me parece do tipo que subestimaria os próprios talentos dessa forma.

– Isso não é subestimar, é saber bem aquilo que se é e o que se tem por dentro. Um poeta tem alma de poeta. Minha alma, contudo, tem outras cores.

– E quais são?

– Você está querendo saber demais para alguém que conheci há poucas horas. Além disso, eu jamais responderia a essa pergunta. Algumas respostas, profundas e necessárias, devem ser encontradas após muito se cavar, e não simplesmente entregues.

– São como tesouros – disse, compreendendo o que ela dizia.

– Exato.

Ficamos um instante em silêncio, contemplando as uvas ao nosso redor. Eu podia jurar que nossos pensamentos continuavam a conversar sobre tudo aquilo. Sobre as uvas necessárias para se fazer uma garrafa de vinho e sobre como tudo aquilo era um quadro da própria vida e dos propósitos de cada um de nós. Além de conversas sobre cores da alma e tesouros, obviamente.

Após um breve momento, Daiana disse:

– Respondendo à sua primeira pergunta, não. Não estou perdida.

– E por que está tão distante do grupo de visitantes?

– Você às vezes não precisa de momentos como este? Em que realmente sente que esteve em algum lugar novo, quando se conecta com ele, pelo toque, pelo silêncio. Estou em seu vinhedo pela primeira vez, quis vê-lo ainda mais de perto.

– Sim. Sempre preciso de momentos como este, embora só esteja me dando conta agora de que você os colocou em palavras.

Rindo, ela começou a distanciar-se, caminhando por entre as uvas, deixando-me só.

Mas não me sentia só. Era como se nunca mais pudesse estar sozinho. Eu a havia encontrado.

Sabia que em breve o grupo de visitantes partiria e Daiana desapareceria na estrada, sem que eu tivesse a chance de saber como reencontrá-la nesse mundo gigante de propósitos efêmeros como os das uvas, que se transformam em vinhos e desaparecem em taças de vidro ou de cristal unidas aos lábios.

Um gole. É tudo o que se é no fim das contas. E, de repente, não se é mais nada, disse para mim mesmo.

Não podia perder tempo.

Corri atrás dela por entre as parreiras.

Sentia-me estranho, meio bobo, mas mais vivo do que nunca.

– Você quer realmente conhecer esta fazenda?

Ela assentiu, sorrindo.

– Então, venha comigo, Daiana. Preciso lhe mostrar um verdadeiro tesouro da alma deste lugar.

4.
Uma visita por entre o tempo e os seus trapos velhos

Como se a noite não pudesse ficar mais estranha!, Will pensou.

Will tremia. Seu corpo todo eram só espasmos, contrações e dores. Encontros e reencontros consigo mesmo.

O metrô percorria os trilhos e túneis, e, ao mesmo tempo, sua vida viajava em alta velocidade, como se estivesse indo e voltando no tempo, sem piedade, machucando, com pressa.

– Você vai desmaiar de novo? – Daiana aproximou-se.

– Não. Quer dizer, não sei. Preciso de ar. Quando vamos poder descer?

– Não sei.

Tentando andar de um lado para outro, com dificuldade, Will deu um salto quando o celular em seu bolso tocou.

Assustado, fitou Daiana, que o olhava imóvel e com curiosidade.

Ele não atendeu o celular. Não imediatamente.

Tirou-o do bolso e ficou contemplando-o tocar em suas mãos.

Já não conseguia suportar todas as dúvidas que pairavam em sua mente sobre os acontecimentos daquela noite, ainda por cima, também mergulhara em memórias doloridas, de um passado feliz, com flores ainda vivas. Como poderia atender o celular naquele momento? E se fosse Sol? Não estava pronto para levar tudo aquilo adiante – o que quer que fosse aquilo.

– Você não vai atender? – Daiana indagou, aproximando-se.

– Não.

– Pare com isso, Will. Atenda logo!

– Não.

– Então, deixe que eu atendo.

– O quê?! Claro que não!

Daiana, sendo teimosa e destemida, como Will bem a conhecia, não aceitou aquela resposta. Apenas se aproveitou da aparente fraqueza de Will e arrancou o celular de suas mãos. Imediatamente, ela atendeu a ligação.

– Alô.

Will não conseguia escutar quem estava do outro lado da linha, embora não tivesse dúvidas.

Estranhou e até incomodou-se um pouco quando Daiana disse as seguintes palavras:

– Sim, ele está aqui do meu lado. – E, após uma pausa, em meio a uma gargalhada, ela continuou: – Exato. Ele fez exatamente isso! Espere um momentinho, por favor.

Estendendo o telefone para Will, Daiana anunciou:

– É pra você.

– Jura? – Arrancando o celular da mão dela, ele afastou-se dentro do vagão para atender.

– Querido Will! Desculpe a demora para retornar a ligação. Sabe, são muitos afazeres e muitas ligações ao mesmo tempo.

– Do que você faz está falando, Sol? Você fala com muitas pessoas ao mesmo tempo?

– Mais do que você poderia imaginar.

Tentando compreender aquela resposta, novamente ele sentia-se confuso por não conseguir decifrar aquela voz: masculina e feminina ao mesmo tempo, com todos os sotaques e todas as idades possíveis.

– Sol, o que você faz?

– Tipo, a minha profissão?

– Sim.

– Eu faço muitas coisas, Will. É difícil explicar. Você mesmo disse, quando narrava seu passado à Daiana, que certas coisas são grandes demais para ser colocadas em palavras.

– Espere aí! Como você ouviu o que eu disse para Daiana? Você está nos gravando?

Naquele momento, Sol começou a rir freneticamente, gargalhando da pergunta que Will fizera.

– Não. Não estou gravando vocês, Will.

– Então, por favor. Explique algo, Sol. Qualquer coisa sobre a loucura que esta noite se tornou!

– Mas, Will, como bem sabemos, você foi até a estação de metrô horas atrás justamente para pôr em prática uma loucura.

Antes que ele pudesse fazer uma nova pergunta, Sol continuou:

– Por favor, não me pergunte como sei dos seus planos.

– Não vou perder mais tempo com perguntas – Will disse, desanimado. – Você não vai responder a nenhuma delas mesmo.

– É você quem tem as respostas, Will. E não eu!

– O que você quer dizer?

– Você ainda não disse à Daiana como a conhece nem o significado de ela ter o mesmo nome que a *sua* Daiana, assim como outras dúvidas que ela já demonstrou ter, como as damas-da-noite, por exemplo, cujo perfume você sentiu ao se aproximar dela.

– Tudo está conectado.

– Esse é o verdadeiro significado de tudo.

Começando a perceber certas coisas, que agora se encaixavam, como um quebra-cabeça gigante começando a fazer sentido em sua mente, Will continuou:

– Contudo, eu estava mais preocupado em fazer perguntas do que em dar respostas, e talvez esse seja o meu maior erro.

Sol riu feliz, concordando:

– Às vezes, a gente quer tanto que algumas respostas nos sejam dadas, entregues como presentes, que nos esquecemos de procurar por elas escondidas dentro de nós, escavando a nós mesmos em busca de um tesouro.

– Eu e a minha Daiana conversamos exatamente sobre isso. Sol, você também a conheceu!

– Sim, eu a conheci. Eu a conheço. Viu? Você nem precisou me perguntar isso, encontrou a resposta cavando um pouco mais fundo.

– Como um tesouro – ele refletiu um pouco mais, segurando o celular com força. – Você tem razão. Talvez, de fato, meu grande erro seja minha ira ante a falta de respostas em minha vida e o fato de estar sentindo-me fraco demais para cavar até o fundo da minha alma, buscando por tesouros perdidos.

– Eles não estão perdidos, Will. Apenas ainda não foram encontrados. Isso faz sentido?

– Sim, Sol. Isso faz todo o sentido! Estou gostando de conversar com você. – Um pouco hesitante, disse as seguintes palavras: – Você... deveria ligar mais vezes.

– Já liguei várias outras vezes, o problema era que a linha estava sempre ocupada.

Will, contendo o desejo de fazer uma nova pergunta, resolveu dar uma resposta no lugar, mudando levemente o rumo da conversa com Sol:

– Já sei o que você me diria agora: que eu deveria continuar a narrativa sobre a minha Daiana para a jovem Daiana que está neste vagão comigo nesta noite. E dar as respostas que ela busca. Acertei?

– Acertou.

– Estou ficando bom nisso, Sol. É quase como se você estivesse dentro da minha mente.

– Pelo visto, está ficando bom em encontrar respostas sozinho também.

– Mas eu sinto muito. Não estou conseguindo dar prosseguimento às memórias do vinhedo. É doloroso demais. Você sabe o que vem a seguir. Os melhores e os piores momentos da minha vida, tudo o que me trouxe até aqui, até quem sou hoje e o que procurei praticar nesta noite.

– Tente mais um pouco, Will. Por mais doloroso que seja encarar seus maiores pesadelos, você consegue. Pense na sua Daiana, nas pessoas que você amou e ama. Pense nas uvas e nas damas-da-noite.

– Daiana certamente gostaria que eu revisitasse as páginas que, certa vez, no passado, escrevemos juntos. Ela não gostaria de me ver sofrer dessa forma, preso há tantos anos a uma dor que me acorrenta e arrasta. Meu coração se aperta ao pensar em quanto ela ficaria triste ao saber que ela própria se tornou a minha maior dor.

Will disse essas palavras quase como um sussurro, falando mais com si próprio do que com Sol.

– Você tem as respostas, Will. E eu...

– Já sei! Você tem que desligar agora. Tem que atender outra ligação, não é, Sol? Realmente estou começando a entender tudo isso.

– Eu volto a ligar.

Ele voltou a se aproximar de Daiana dentro do vagão do metrô, que, por sua vez, seguia em alta velocidade.

– Desculpe. Não tenho sido legal com você.

– Estou à espera de muitas respostas.

– Prometo que vou esclarecer todas na hora certa.

– Eu entendo, Will, que certos assuntos sejam delicados e dolorosos. E não é como se eu tivesse escolha. Não posso sair daqui agora, não sei para onde estamos indo nem o que estamos fazendo. Tudo o que me resta neste momento é ouvi-lo, quando você quiser falar.

– Eu quero falar. Apenas não sei se consigo. Já chegamos exatamente ao momento mais doloroso de tudo isso, quando mostrei a Daiana o verdadeiro tesouro, escondido na alma de nossa fazenda, as damas-da-noite.

Ele respirou fundo, como se fosse, finalmente, tomar coragem para continuar a narrativa. Entretanto, foi interrompido bruscamente.

O metrô freou com tanta força que ele e Daiana caíram. O celular rolou pelo chão, fazendo com que Will se desesperasse, uma vez que não queria perder a próxima ligação de Sol.

Da alta velocidade a uma parada súbita e, em instantes, o metrô estava deslizando pelos trilhos novamente.

Will e a jovem Daiana não tiveram tempo de ver com atenção a plataforma na qual haviam parado pelo tempo de uma batida de coração. Não conseguiram reparar em nada além da luz ofuscante que lhes preencheu a visão por segundos, e agora já estava para trás.

Ainda se recompondo da queda, assustaram-se ao perceber que mais alguém se juntara a eles.

Alguém havia entrado no vagão, na plataforma mais iluminada que se pode imaginar, quase capaz de cegar.

Quando a luz se foi e a iluminação do vagão, já em movimento, voltou ao normal, os dois puderam ver claramente quem estava ali.

Com as costas arqueadas, formando uma grande curvatura, a figura apoiava-se em uma bengala um tanto estranha. Sua pele era toda enrugada, e seu corpo, franzino. Cabelos curtos e completamente grisalhos, olhos claros e um pequeno sorriso, que dizia que ela estava exatamente onde queria estar, apesar de vestir apenas trapos rasgados e sujos.

A velha senhora observou o vagão e, em seguida, deteve o olhar em Will e na jovem Daiana:

– Até que enfim! Pensei que não chegariam nunca! Por que demoraram tanto?

– Demoramos? – indagou Daiana.

– Desculpe-me... a demora – Wil disse, sem graça, já aprendendo a não fazer tantas perguntas quantas pairavam em sua mente.

– Ah, Will! Não precisa se desculpar. Estou feliz de estarmos finalmente reunidos.

– Reunidos? Espere! A senhora me chamou pelo nome! Você... me conhece?

Ela riu muito, e o som de sua voz era cortante e profundo, embora cansado.

– Sol? – ele indagou.

– Eu? Não. Não me chamo Sol. Meu nome é Guilhermina, mas, por favor, seja gentil e me chame de Mina. Nada de "senhora". Combinado?

– Combinado, Mina.

–Você quer saber como eu o conheço? Pelo que sei, você ainda não respondeu isso a essa jovem ao seu lado.

Daiana sorriu, triunfante.

– Bem, vamos parar de papo-furado, não tenho muito tempo. Já vou descer na próxima estação. Tenho que voltar a mendigar. Não sei se já perceberam, mas sou uma mendiga. Apenas não usem o termo "sem-teto" se não quiserem levar uma bengalada na nuca, está bem? Vocês, jovens, pensam que podem tudo! Como alguém pode não ter um teto, quando, na verdade, o céu é o teto mais amplo e maravilhoso de todos?

– Nunca havia pensado por esse lado. Bem, Mina, você mencionou a próxima estação. Nós também podemos descer?

– Receio que não. A menos que queiram ficar perdidos. Vocês não conhecem essas estações como eu, são um labirinto sem fim! Acreditem, estou aqui, indo de uma estação a outra, por muito tempo.

Como se a noite não pudesse ficar mais estranha!, Will pensou.

– Então, quer dizer que Sol tem ligado para você! Interessante – Mina disse, balançando a cabeça e pensando a respeito daquilo, como se refletisse profundamente.

– Você sabe quem é Sol? Pensei que eu tivesse inventado esse nome quando recebi a ligação!

– Desculpe, Will. Não tenho tantas respostas assim. Acima de tudo, você deve saber desde já, antes de iniciarmos nossa conversa, que não tenho as principais respostas que você procura, que o inquietam e atormentam, seja sobre esta noite atípica, seja sobre seu passado. Contudo, sim, eu conheço Sol. Foi justamente quem me enviou aqui para intervir. Você não parecia encontrar forças para continuar sua narrativa.

–Você conhece minha história? Veio me ajudar a contá-la?

– Sim e não. Vim contar a você um pedacinho de seu passado que você esqueceu. Uma cena da qual faço parte. Pense assim a respeito da minha chegada: é como se você estivesse diante de inúmeras peças de um quebra-cabeça, todas desordenadas e espalhadas, e não conseguisse encontrar a próxima que se encaixa no quadro todo. Eu vim para entregar-lhe essa próxima peça e, em seguida, partirei. Desse modo, com uma peça a mais, mesmo que esteja ainda longe de ver a figura toda e compreendê-la, ainda assim você estará com mais coragem de buscar a peça seguinte sozinho.

– Entendo, dona Mina.

– Dispenso o "dona".

– Vamos ao que interessa, Mina – interrompeu-os Daiana, que os observava de perto. – Quero saber logo onde está a peça desse quadro que me traz respostas também.

– Pois bem – disse Mina. – Acompanhem-me em uma pequena, mas empolgante, viagem no tempo.

5.
Um manual sobre como correr do desrespeito (e ainda entregar maçãs!)

Meu mundo todo foi revirado com força, sacudido, estraçalhado, arremessado ao longe e, enfim, trazido de volta para o lugar.

Tudo começou cerca de cinquenta anos atrás.

Nunca fui de falar muito, sabe. Sempre fui mais do tipo que observa. E eu o observava passar por mim, correndo, todos os dias. Meus olhos cintilavam ao vê-lo, era como se eu recebesse um presente a cada manhã.

Jack era seu nome, um garoto da mesma idade que eu. Tínhamos menos de 10 anos naquela época, mas eu já o aguardava por entre as plantações. Naquela região cheia de fazendas, eu sabia exatamente o ponto de onde ele surgiria, a correr descalço. Um caderno, um lápis e uma maçã nas mãos.

Nada mais.

E por que ele corria todos os dias por entre as plantações?

Para chegar até a escola. É lógico!

Eu e Jack sempre tivemos muito em comum, mas as cores de nossa pele eram opostas. Sua pele negra foi o que me cativou desde o primeiro instante, a forma como ele brilhava ao sol e como seu sorriso se destacava e me chamava a distância. Entretanto, com grande pesar, descobri que justamente uma das características de Jack que tanto me fascinava era também algo que o fazia passar por desaforos muito terríveis.

Veja bem, isso foi décadas atrás, e ainda hoje, pelo que escuto nas estações de metrô por onde vago, sempre mendigando, as coisas não mudaram muito.

Justamente por isso, Jack corria tanto.

Outros garotos da escola caçoavam de sua pele, mais escura que a dos demais. Com o tempo, as brincadeiras avançaram para ofensas e, então, até mesmo para agressões.

Certa vez, Jack chegou à escola cheio de cortes, arranhões e hematomas. Disse ele que, naquele dia, após as aulas, sentiu-se tão mal por ser como era que tomou um banho bem demorado, ficou umas quatro horas de molho na bacia e se esfregou tanto que pensou que a pele fosse sair. Qual não foi seu desapontamento ao ver que, mesmo após todo aquele esforço, sua pele não havia clareado!

Pobre Jack! Desde pequeno já aprendeu sobre as doenças do nosso mundo, sendo a falta de aceitação uma das nossas piores mazelas. Claro, nesse caso, os doentes eram aqueles que corriam atrás dele todos os dias, fazendo até armadilhas para tentar alcançá-lo e insultá-lo.

Mas Jack era, além de destemido, um grande corredor.

Minha barriga doía de tanto rir quando o via correr por entre as plantações, sempre muito à frente de seus perseguidores, branquinhos feito algodão, mas lerdos como lesmas!

O próprio Jack mantinha o sorriso no rosto e, quando começou a notar minha presença a observá-lo a correr todos os dias, passou a acenar para mim. Quando a vantagem era grande entre ele e seus adversários, ele até parava para me dar uma maçã.

Ele não sabia que eu e papai, sozinhos no mundo, passávamos fome, e que me salvou diversas manhãs, enquanto fugia daqueles que o oprimiam e perseguiam, oferecendo-me o único alimento que eu teria em todo o dia, e que eu carregava para dividir com papai.

As maçãs e os sorrisos nos uniram, mas, anos mais tarde, foi o mais profundo amor que nos fez passar uma vida toda juntos.

Jamais poderíamos imaginar que construiríamos um grande futuro juntos e que as corridas de Jack se tornariam realmente importantes para nós.

Ele era um excelente aluno. Pelo fato de ir correndo para a escola todos os dias, jamais perdeu uma aula. Pelo contrário, chegava antes mesmo que a professora todos os dias. Isso fez dele um destaque, além de toda a sua determinação e paixão pelos estudos.

Foi ele quem me ensinou a ler, escrever e fazer contas.

Todo o seu empenho foi recompensado quando a professora o ajudou a conseguir uma bolsa de estudos na faculdade, entrando para a equipe de atletismo da universidade.

Nossa vida melhorou muito depois disso. Conseguimos nos casar; apesar de nunca termos tido filhos, tínhamos uma boa casa e éramos muito felizes.

Por termos um ao outro, sentíamos que não precisávamos de nada mais. O momento em que chegávamos em casa, nos fins de tarde, e falávamos sobre os nossos dias, enquanto tomávamos café, era a melhor hora do dia, e de uma vida inteira, para falar a verdade.

Apesar do sofrimento que o futuro reservara para nós, e que nos pegou totalmente desprevenidos, tudo valeu a pena por eu ter vivido aqueles fins de tarde ao lado dele, na mais completa paz, quando eu pensava que a vida era perfeita justamente por ser simples e calma se ele estivesse comigo.

Vivemos juntos quase a vida toda. Fomos casados por trinta anos, até que tudo aconteceu.

Não sei se vocês estão prontos para esta parte da história. E, assim como é difícil para você, Will, falar do momento em que sua Daiana se foi, também é para mim falar de como minha vida ao lado de Jack chegou ao fim. Como meus fins de tarde perfeitos foram rasgados e tingidos por um horizonte nebuloso e sombrio, no qual ainda me encontro.

Contudo, vamos em frente, estou aqui para isso.

Para falar de feridas.

Marcas.

Isso é tudo o que temos.

Quando a onda avança na praia e quando o vento agita uma folha. Quando um pássaro balança um galho suavemente ao repousar. O tempo. A vida. Tudo ao nosso redor é composto de marcas daqueles que viveram antes de nós, somando-se às nossas e, no futuro, às marcas que serão deixadas pelas próximas gerações. E é isso, apenas isso, que o mundo é na verdade, um conjunto de tudo que somos e construímos.

E não há nada na vida que façamos e não nos marque. De uma forma ou de outra. Ou, talvez, de todas as formas possíveis ao mesmo tempo.

Jack deixara rastros, conquistas, lágrimas, sorrisos espalhados pela vida, pelos cantos em que foi, nas pessoas em que tocou, nas vidas que mudou. Mas as marcas que eu preferia eram as cicatrizes nos pés.

Por anos, ele correra, fugindo da injustiça, da falta de aceitação e tolerância, do desrespeito, em sua forma mais desumana possível.

E isso não ficara em vão.

Seus pés foram, pela vida toda, calejados e feridos, cheios de cicatrizes do mato. E eu amava cada uma daquelas pequeninas marcas, que simbolizavam não apenas a trajetória que fazia dele um dos homens mais determinados e batalhadores que já correu por entre os campos, mas fazia dele o meu Jack, que chegava correndo para me ver a cada manhã, nem que fosse por segundos.

E aquelas marcas foram as primeiras que vi quando o alcancei, em seus últimos instantes de vida.

É hora agora de tocar nas feridas mais profundas da minha história.

Jack estava por entre os escombros, como eu.

Nossa casa, apesar de aconchegante, era bastante simples, e suas vigas não resistiram àquele que foi o maior furacão da história de nossa região.

Eu me lembro daquele dia, de uma forma um pouco borrada, mas ainda assim com alguns detalhes que fincaram suas garras em mim.

Lembro-me do desespero. Do medo. Do pânico de saber o que estava vindo ao nosso encontro.

Não tínhamos para onde correr. Não havia onde se esconder. Nada era seguro.

Jack abraçou-me com toda a força que ele tinha na alma e derramou uma lágrima, que se tornou uma pequena marca junto ao solo, presa ali para sempre, perceptível apenas aos que conhecem a tristeza, aos que observam detalhes de perto.

Quando foi a hora, ele sussurrou algo em meu ouvido que ecoa em minha mente até hoje, mudando-me a cada dia, reinventando-me, mesmo após tanto tempo. Ele disse, com mãos trêmulas, mas voz forte:

– Mina, preciso lhe contar um segredo. Quando criança, eu não corria apenas porque era perseguido e não queria faltar à aula. Esse era o segundo motivo, na verdade. A razão principal era pra ver você; para chegar mais rápido ao seu encontro.

Não sei se tive tempo de esboçar qualquer reação, pois, logo após tais palavras, meu mundo todo foi revirado com força, sacudido, estraçalhado, arremessado ao longe e, enfim, trazido de volta para o lugar.

Com marcas de destruição.

Acordei por entre os escombros. O corpo de Jack me recobria. Protegia-me. Ele salvara minha vida.

Não sei como ele conseguira, nem como poderia saber a posição que impedira que as vigas caíssem sobre a minha cabeça, como fizeram com ele.

E, quando consegui desvencilhar-me, tentando recobrar a consciência e algum tipo de noção do que estava acontecendo, vi que o corpo de Jack jazia ao meu lado, completamente recoberto por destroços, exceto os pés.

Seus pés estavam como da primeira vez que os vi, quando foram correndo até mim. Descalços.

Eu vi aquelas feridas e toquei-as uma última vez. Tudo começara e terminara com elas, e com aqueles pés descalços ligeiros, que, por fim, fizeram-se imóveis para sempre.

Desabei uma vez mais.

Os dias que se seguiram foram tão tempestuosos que era como se o furacão ainda girasse em volta de mim, tirando-me da terra e arremessando-me novamente em um baque estrondoso. Eu mal podia respirar.

Sei que houve um funeral. Sei que proferi algumas palavras antes de desmaiar à frente de todos. Sei que me falaram de reconstrução da área e ajuda vinda de diversas partes do país.

Mas o mais importante eu já não sabia: quem eu era.

Uma parte de mim havia partido, e a outra não sabia como seguiria em frente.

Tapei os ouvidos para as ajudas não requisitadas. Eu não queria reconstruir, pois os anos naquele local haviam sido perfeitos, e qualquer reconstrução não seria suficiente para trazer de volta o que, um dia, tudo aquilo representou.

Simplesmente saí sem rumo.

Caminhei pela cidade, descalça. Tentando provocar as minhas próprias feridas na sola dos pés. Tentando criar marcas que dessem algum sentido àquilo tudo.

Escondi-me na mata para gritar. Chorei até perder o fôlego, mais vezes do que consigo me lembrar. Voltei a caminhar.

Cruzei o caminho de muitos desconhecidos, mas nunca olhei ninguém nos olhos.

Tive fome e frio. Não tinha nada mais a me acompanhar, exceto esses dois.

Passei a pedir comida quando a fome apertava, e a agasalhar-me com o próprio frio quando ele a mim se juntava feito um manto pesado. Andei mais.

De alguma forma, cheguei a uma estação de metrô. Por sorte ou destino, encontrei um bilhete para entrar na plataforma. Aliás, eu pensava naquela época que era sorte ou destino, pois era uma ajuda bem-vinda para me levar ainda mais longe. Eu ia para lugar nenhum, em busca de coisa nenhuma, mas uma coisa eu tinha em mente: queria continuar em movimento, queria simplesmente ir.

Hoje, contudo, sei que aquele bilhete perdido não foi sorte nem destino, foi apenas Sol em minha vida, querendo conversar comigo. Como quando seu celular tocou na plataforma do metrô, Will.

Bem, o importante é que eu entrei no vagão, assim como você, e vaguei por muitas estações. Mesmo que não tivesse um destino, pelo menos eu estava sempre indo a algum lugar. E isso é melhor do que ir a lugar nenhum, não é?

Você deve estar pensando que sou maluca. De fato, a dor maior que aquela que nossos ombros conseguem carregar tem esses efeitos.

E, para minha grande surpresa, eu, mesmo sem querer ou esperar nada da vida, cheguei a algum lugar, quando pensei que lugar nenhum no mundo pudesse fazer diferença.

É aí que nossos caminhos se cruzam, Will. Exatamente há duas décadas, quando você conheceu e viveu com sua Daiana. Um metrô qualquer, em um dia qualquer, levou-me até uma estação que eu ainda não conhecia. Sem saber o motivo, senti que devia descer ali. Qual não foi minha surpresa quando me encontrei próxima do mar.

Aquele cheiro chamou-me para perto, e segui caminhando pela orla, ainda sem destino, mas com um pouco mais de orientação.

Caminhei descalça sobre a areia e, quando as ondas me atingiam e acariciavam-me os pés, sentia como se minhas cicatrizes fossem suavizadas, quase como em um beijo delicado. Contudo, a exaustão me atingia.

Eu estava sem rumo havia meses, vagando pelo mundo, com pouco no estômago e nada nos bolsos. Com dores maiores que a alma. Com noites em claro olhando para a lua, tentando reencontrar-me em seu reflexo. E, nos breves períodos em que dormia, era fisgada por pesadelos sem fim, que me sacudiam feito um furacão, e me despertavam entre tremores.

Foi naquele momento, do mais profundo desespero, sem nada para sustentar-me em pé, sem razão ou sentido de ser, com o mar convidando-me a dançar em seus braços, que eu senti um aroma delicado.

Era um perfume que se sobressaía de longe e me dava as mãos, chamando-me para encontrá-lo.

Não tinha forças para correr, mas passei a cambalear sobre a areia o mais rápido que pude, deixando as marcas dos meus pés no chão umedecido. Havia encontrado um oásis. O seu vinhedo, Will. Ele foi a minha salvação.

E como vocês tinham parreiras naquele lugar!

O cheiro das uvas havia me chamado, e suas cores, como num mar roxo-esverdeado, abrigaram-me. O local era grande o suficiente para que eu me escondesse por entre as parreiras, enquanto matava minha fome com as uvas.

Eu roubei, Will, roubei de você e sua família. Peço que um dia me perdoe por isso, mas roubei suas uvas por muito tempo. Foram elas e, assim, consequentemente, mesmo sem saber, você, Will, que me salvaram da fome.

Eu começara a vida passando fome, junto de meu pai quando menina, e era ajudada pelas maçãs de Jack. Agora, novamente, tinha a fome abrandada por uma fruta doce.

Conseguia desvencilhar-me dos olhares de seus empregados e familiares.

Geralmente, nos dias em que a fazenda recebia visitas, eu ficava na praia, contemplando as ondas, deixando que o tempo e o vento que vinha do mar me curassem.

No entardecer, ia comer minhas uvas. Não pegava muitas, variava as parreiras, era esperta para não ser percebida. Contudo, dois deles me notaram.

Seus cães, aqueles enormes perdigueiros, vieram farejando-me pelo vinhedo.

Mas eles foram cavalheiros o suficiente para nunca me entregar. Pelo contrário, viraram meus amigos e companheiros. Comíamos uvas juntos nos fins de tarde, enquanto você ajudava seu pai a encerrar as atividades da fazenda no dia.

Eles tinham coleiras com medalhões, em que os próprios nomes estavam gravados. Assim, Tilim e Estéfano tornaram-se como uma nova família para mim, e peço desculpas novamente, Will, se me apropriei daquilo que não deveria.

Mas é que eu sofria de outros tipos de fome também. Daqueles tipos que comida não sacia.

Agradeço a você e sua família, suas uvas e seus cães, por terem me dado um lugar, quando eu queria mesmo era estar em lugar nenhum, sem saber que, na verdade, todo mundo precisa de um canto para repousar, mesmo quando se está perdido, como eu.

Houve apenas uma pessoa da sua família, Will, que notou minha presença.

Sua adorável mãe.

Lembro-me de que, naquela época em que vivi próximo do vinhedo, fez um inverno terrível. Apesar de aquela região ser consideravelmente quente, tivemos um frio atípico, e eu pensei que fosse morrer congelada durante as madrugadas sob o céu aberto.

Meu corpo todo tremia, e eu não tinha abrigo para buscar, nem mesmo trapos velhos para aquecer-me, além dos farrapos rasgados que vestia.

Um desses dias, em que pensei que seria meu último, sua mãe aproximou-se de mim na praia e estendeu-me as mãos.

A princípio, tive receio. Ninguém se dirigia a mim havia muito tempo.

Quando se torna um morador de rua, é como se você se tornasse invisível para as pessoas. Poucos me ouviam pedir ajuda, ninguém me olhava nos olhos, não me tratavam como um ser humano, igual aos demais, apesar das aparências.

E foi isso que sua mãe fez naquele dia. Tratou-me como um ser humano.

Dessa forma, ela fez com que eu voltasse a me sentir como tal, já que, desde a tragédia que se passou em minha vida, eu mesma não mais me via como uma pessoa.

Ela estendeu-me uma coberta, um prato de comida e uma bebida quente e, ainda por cima, deu-me o presente mais maravilhoso que já ganhei na vida: um moletom.

Não era um moletom usado, ela havia ido até a cidade e comprara um novo para mim, pois disse que notara minha presença havia certo tempo.

Nunca me senti tão especial. Lembro-me de ter chorado copiosamente com o presente nas mãos. Aquilo era um verdadeiro tesouro, pois, além de me salvar do frio, fez com que voltasse à vida.

Alguém reparara em mim o suficiente para dar-me algo. Não há palavras para descrever o que essa atitude significa quando se está na situação em que eu me encontrava.

Sua mãe foi um anjo naquela noite. Ela me trouxe tanta paz, que, pela primeira vez em muito tempo, consegui dormir uma noite inteira, e sem pesadelos. Lembro-me de ter acordado na manhã seguinte, junto do sol fraco do inverno, e ter sentido que eu estava respirando, que conseguira descansar, que minha vida, mesmo que aparentemente sem sentido, tinha algum propósito.

Decidi que logo partiria dali. Não queria que sua mãe sentisse que tinha algum tipo de obrigação comigo, nem queria perturbá-la com minha presença.

Contudo, quis ficar mais alguns dias para colocar os pensamentos no lugar e decidir o que iria fazer.

Além disso, precisava de um tempo para despedir-me daquele meu oásis particular. Um refúgio em meio às uvas, que fora minha salvação. Tilim e Estéfano me fariam uma falta danada, assim como o cheiro e a companhia do mar e das uvas. Tantas boas memórias daquela época, Will.

Mesmo que difíceis, foram períodos que valeram a pena, pelas marcas profundas que deixaram em minha vida. Marcas de fortalecimento, recomeço e gratidão.

Sou grata a toda a sua família, mesmo que você e seu pai não fossem cientes da minha presença, ajudaram-me sem saber. E, claro, sua mãe, que guardo em meu coração e em minhas preces, todos os dias.

Nós temos mais em comum do que você poderia imaginar, não é? Podemos chamar de lar o mesmo vinhedo, as mesmas parreiras que enfeitam a praia e perfumam o horizonte. Somos família, Will.

Interrompendo a narrativa de Mina, os soluços de Will tornaram-se mais profundos.

Ele chorava intensamente, pensando e sentindo cada uma das palavras que ela dissera e que, não apenas os conectavam, mas faziam com que ele viajasse de volta para casa e se sentisse em meio a tudo aquilo: o mar, as uvas, o vinho, os cães, os amados pais.

Era como se o tempo não tivesse passado, e ele pudesse caminhar por entre as parreiras mais uma vez.

– Agradeço... – ele falou por entre palavras.

– Agradece? – indagou Mina. – Sou eu que devo agradecer, rapaz. Vocês me devolveram a chance de seguir em frente, quando pensei que tudo estivesse acabado. É por isso que estou aqui hoje, para entregar-lhe essa peça do seu quebra-cabeça, ajudando-o a também encontrar uma chance de seguir em frente, apesar das dores e perdas do passado.

– Por isso eu agradeço, Mina. Você conseguiu transportar-me a um passado que me doía visitar. Eu sempre penso com amargura em tudo o que aconteceu naquela época. O remorso e a saudade me consomem. Não me sentia forte o suficiente para revisitar aqueles anos antes de sua chegada. Havia interrompido minha narrativa à Daiana, neste metrô, algumas horas atrás, pois não encontrava meios de continuar. Agora, contudo, você me mostrou que as lembranças, boas e ruins, são parte de mim e podem ajudar-me mesmo que eu não esteja pronto. Elas sempre estão lá, esperando apenas por uma visita, para contar-me uma história toda sobre mim mesmo, uma história que eu penso conhecer, mas que tem muitos outros ângulos. É tudo complexo e lindo demais.

– Que bom, meu querido, que você se sente assim. As lembranças mais dolorosas são também as mais importantes. A gente tenta evitá-las, mas elas não nos dão sossego até que sejamos capazes de encará-las. Eu demorei muito tempo para encarar as minhas próprias. Veja bem, hoje consegui falar sobre o Jack e sobre o dia em que ele partiu, mas não pense que não foi doloroso. Apenas aprendi a olhar a minha dor nos olhos e enfrentá-la como uma igual, pois ela é nada mais que um reflexo, como se houvesse um espelho dentro de mim. Dentro de você.

– Tudo é ainda mais complicado – falou Will, voltando a derramar lágrimas grossas e pesadas –, pois eu cometi uma sucessão de erros naquela época. E um dos maiores foi não ter dito "adeus".

– Você não se despediu dos seus pais? – indagou Daiana, que ouvia com atenção a narrativa de Mina e a conversa dos dois.

– Não apenas deles. Eu não disse adeus à fazenda, às uvas e aos vinhos, às damas-da-noite, a Tilim e a Estéfano.

Ao colocar, finalmente, palavras naquela dor, Will desabou.

Ele chorou por muito tempo, enquanto o metrô continuava a deslizar pelos trilhos. Era quase como se as lágrimas fossem o adeus silencioso que ele deixara de dar. Elas eram melodias que vinham de uma alma fragilizada, carregada por pesares, que a transformaram em um poço de remorsos.

– Você tem que seguir em frente. Olhe para o passado como aprendizado, como uma chance de refazer-se, e não como um inimigo que o golpeia a cada instante – falou Mina, abraçando-o com carinho.

– A forma como você falou da minha mãe. Ela é exatamente assim, a bondade em forma de pessoa. Ela pensa em tudo e todos antes de si mesma, e eu acredito que esse seja o maior elogio que se possa fazer a alguém. Eu não sou assim. Sempre penso em mim primeiro. Talvez, seja por isso... que eu esteja tão preso aos erros que cometi.

– Não se culpe, isso também não vai ajudá-lo a recomeçar.

– Não estou pronto para recomeçar – Will disse, desvencilhando-se do abraço de Mina.

– Mas estará, você ainda tem muitos trilhos a percorrer. A viagem ainda não chegou ao fim.

– Tilim e Estéfano. Como eu os amei! Mas não fui capaz de pensar nem mesmo neles quando a dor, por tudo que aconteceu com a minha Daiana, atingiu-me. Eu fugi feito um covarde. Com certeza, eles já partiram, os anos os levaram, e eu nunca mais os vi. Como posso me perdoar por isso? E meus pais, coitados! Saí sem nunca dizer para onde ia, e nunca mais os procurei. Eles não sabem, nem nunca souberam, o que aconteceu comigo.

– Tenho certeza de que isso é algo terrível para eles. Mas você ainda pode consertar todos esses erros, Will. Essa é a beleza dessa nossa viagem. Sempre que erramos, podemos tomar um metrô e recomeçar na próxima parada.

– Mas tudo será diferente na estação seguinte.

– Ao seu redor, sim, mas, por dentro, os erros continuarão.

– Não sei se estou entendendo.

– Você carrega suas verdades, por pior que elas sejam, para onde for. Em outra época, em outro lugar, sempre é tempo de repará-las.

Ele finalmente deu indícios de que conseguiria conter as lágrimas, e olhou Mina com atenção, bem de perto, pela primeira vez.

Embora seus olhos estivessem ainda embaçados, ele reparou em algo:

– Isso que você está vestindo... – começou a dizer.

– Sim, é o moletom que ganhei de sua mãe.

A roupa estava velha, gasta e um pouco rasgada. Além disso, Mina trajava outras vestes por cima e farrapos ao redor do corpo, além de uma saia desbotada, que se arrastava pelo chão, recoberta por furos e remendos – como a própria vida.

Contudo, Will conseguiu ver bem o moletom cinza que sua mãe um dia comprara para aquela mulher.

– Desculpe, não posso dá-lo a você – Mina tratou de dizer logo –, foi um presente, e presente não se dá para outra pessoa. Além disso, ele me aquece quando tenho frio e me protege de muitas outras formas.

– Eu sei. Apenas observá-lo me faz bem. É como se eu sentisse minha mãe perto de mim outra vez. Não apenas minha mãe, mas a fazenda junto ao mar, as parreiras, Tilim e Estéfano.

– Will, eu vou descer na próxima estação, como lhe disse. Mas não posso seguir em frente sem antes contar outra parte de como nossas vidas se cruzaram duas décadas atrás.

– Há mais em sua narrativa?

– Sim. Há a parte da sua Daiana.

Will congelou ao ouvir aquela frase. Mina respirou fundo e continuou a dizer:

– Além disso, também não serei capaz de continuar minha viagem se eu não tiver o seu perdão.

– Meu perdão?

– Eu roubei de você e de sua família, Will. Sei que sua mãe me perdoou. Ainda não tive a oportunidade de encontrar seu pai, mas o farei um dia. Quanto a você, Will, eu tenho seu perdão?

– Por pegar as uvas? Isso não é nada. Havia muitas delas; não nos fizeram falta.

– Isso não importa. Eu peguei algo que não era meu – disse Mina, enxugando uma lágrima que deslizava por seu rosto. – Você me perdoa?

– Se você insiste, Mina, sim, claro que eu a perdoo. Mas, para mim, você não cometeu nenhum erro ou ofensa alguma. Pelo contrário, trouxe-me tantos presentes neste vagão de metrô que nem sei se um dia poderei agradecer-lhe o suficiente. E, devo dizer, sinto muito pelo Jack e por tudo o que aconteceu.

– Agradeço. Também sinto muito pela Daiana.

– Você disse que tem algo a dizer sobre ela.

– De fato, Will, eu tenho. E isso pode ajudá-lo a contar à outra Daiana, esta jovem que nos acompanha nesta viagem de metrô, como você a conhece tão bem, mesmo sem tê-la visto pessoalmente antes.

– Ele disse que me criou – falou Daiana –, mas não sei o que isso significa.

– Você saberá em breve, minha querida – disse Mina, com um sorriso bondoso, revelando dentes gastos e malcuidados. – Tudo tem seu tempo. E ele é ligeiro, haja vista a velocidade em que estamos! A vida corre do lado de fora deste vagão.

De fato, o metrô circulava em alta velocidade, levando-os para um destino desconhecido.

Após a narrativa de Mina, Will agora tinha certeza de que estava indo para algum lugar, e não mais para "lugar nenhum", como antes gostaria.

– Vamos voltar, então, àquele passado triste, mas saudoso – falou Mina. – Devo dizer, Will, que eu estava quase indo embora de sua fazenda, quando notei algo, até então novo para mim. Um novo aroma. Um perfume que antes me passara despercebido, camuflado pelo cheiro das uvas, do vinho e do mar. Um aroma delicado, mas que queria ser notado, fazendo-se então forte, mesmo quando tudo mais ao redor queria torná-lo indecifrável. Eu o decifrei, Will, e sei que você também, e que tal perfume o segue, feito um rastro de saudade, até os dias de hoje. É como se tal aroma fosse capaz de viajar no tempo e no espaço, fixando-se em você para sempre. Naquela época, as flores ainda estavam vivas, não é?

6.
São as alegrias. Principalmente, as alegrias

Nosso amor pelas mesmas uvas, pelo vinhedo junto ao mar, pelo mesmo lugar que chamamos de lar.

Eu fecho os olhos e consigo senti-las em mim. Especiais por serem pequeninas, quando comparadas às parreiras que as rodeavam. Singelas em meio ao caos. Destacando-se pela delicadeza e fragilidade.

Tudo aquilo que é vulnerável chama nossa atenção, desperta algo em nós. Temos a tendência de gostar do belo, do delicado, pois eles demonstram que precisam de nós e de nosso afeto, quando, na verdade, nós é que precisamos deles.

E como eu precisei daquelas flores!

Tanto quanto você, Will. As damas-da-noite são mais um laço que temos, e que, de tão pequenino, torna-se perpétuo. De camuflado, torna-se essencial. Por ser efêmero, como um instante, faz-se eterno. Por caber na palma da mão, é capaz de abraçar o mundo todo. E justamente por ser escondido, torna-se um tesouro. Pétalas brancas que, como a vida, murcham e desabrocham com as estações, reinventando-se, reencontrando a própria beleza, a partir da fragilidade de se ser o que é. Sem medo.

Quando vivas, as flores são inesquecíveis. Quando mortas, Will... Bem, essa é a história que devemos contar juntos, não é? Toda beleza se vai, mas o perfume permanece em quem o conhece, provando que a vida, de uma forma ou de outra, sempre continua. Em tudo aquilo que tocamos, em todas as formas que encontramos de recomeçar.

Lá estava você, Will, duas décadas atrás, ao fim de mais um dia de trabalho junto de sua família, naquela vinícola adorável.

Você corria feliz pelos campos, junto de Tilim e Estéfano, e embrenhava-se até os fundos da casa de madeira para encontrar suas flores preferidas, que estavam a desabrochar e começar um novo ciclo. Eu o segui, de longe, guiada pelo perfume, e soube que você amava aquelas florzinhas pelas mesmas razões que eu.

Em meu interior, soube que ainda não era chegado o momento de partir dali, embora tivesse feito essa promessa a mim mesma.

Havia conversado comigo mesma e dito: "Mina, você precisa encontrar seu lugar no mundo. Mesmo depois de todas as tragédias, ainda há algum cantinho reservado para você. Deve parar de vigiar essa família e essas uvas e querer aproximar-se, como se você significasse alguma coisa para eles. Como todo bom mendigo, você é invisível para essas pessoas (quase todas elas), então, deve tomar um rumo e fazer-se visível novamente".

Não foi uma conversa fácil para se ter consigo mesmo, Will.

E, quando em dúvida sobre o que fazer, as flores resolveram por mim. Elas eram também invisíveis para quase todas as pessoas que passavam por aquela vinícola.

Um dia, quando você estava distante, aproximei-me delas em segredo, esgueirando-me, e olhei-as bem de perto.

Senti como se contemplasse um espelho, pois ali me vi, refletindo sob o sol, brilhando novamente. Eu me via pela primeira vez, depois de todo aquele tempo desde que perdera meu Jack.

Nas flores pequeninas da sua casa, sem que você nunca tenha ficado sabendo, eu me reencontrei, olhei-me de perto, e quis recomeçar. Senti, como elas, a necessidade de fazer meu perfume ser notado em meio a todos os outros.

Decidi ficar mais um pouco.

Eu vi quando você e a Daiana se conheceram. Ela chegou junto de mais um grupo de visitantes, querendo provar vinho e uvas. Naquele dia, eu estava particularmente cansada. Havia feito uma longa caminhada na praia e ido até a cidade. Meu corpo, cansado e maltratado, precisava voltar a acostumar-se com a vida. Esquecera-me de mim mesma por muito tempo.

Caminhar me ajudava a encontrar caminhos em minha mente, avenidas de possibilidades, enquanto cruzava avenidas reais, pensando em um futuro com mais claridade.

Lembro bem que, quando voltei ao vinhedo, louca por umas uvas para refrescar-me, espiei ao longe, por entre uvas e folhagens, você e a Daiana, no que parecia, de fato, a primeira conversa que tiveram na vida.

Vi quando se afastaram e você convidou-a para conhecer seu tesouro, as damas-da-noite. Fiquei feliz ao saber que algo tão precioso seria compartilhado com mais alguém. Nossas flores eram especiais demais para serem apenas nossas. Junto das flores e das uvas, vi o amor de vocês nascer e desabrochar, ganhar vida, feito as damas-da-noite em uma nova estação, colorindo o que antes era cinza.

Sua solidão tinha novas cores, Will, eu via em seus olhos. Você havia encontrado algo raro, que eu encontrara muito tempo atrás, quando esperava por Jack a cada manhã. E, justamente por conhecer tão bem aquele sentimento, o mesmo de quando meu Jack passava correndo de seus perseguidores, mas ainda fazia questão de me notar ou até me dar uma maçã, eu o reconheci.

Em meio a todos os perfumes do mundo, de uvas, vinho e mares, eu senti o aroma, Will, de que você havia encontrado em Daiana o amor.

Qual não foi minha tristeza ao acompanhar a trajetória de vocês pelos meses seguintes e descobrir que a vida lhe reservara acontecimentos grandiosos, mas devastadores.

Como as flores, o amor de vocês teve um tempo limitado de beleza, como se tivesse data marcada para se esvair. Nas estações seguintes, vocês floresceram e resplandeceram o que era belo, perfumando e colorindo tudo ao redor. Contudo, em seguida, murcharam e secaram e, como um golpe do destino, que não impede um inverno rigoroso de chegar, tudo caiu ao chão. As flores, antes vivas e coloridas, agora estavam mortas e despedaçadas.

Cerca de doze meses após o primeiro encontro que tiveram, entre as uvas, eu ouvi as boas notícias: você e Daiana iriam se casar.

Não que fosse uma surpresa. Considerando o quanto estavam unidos nos últimos tempos e como o relacionamento de vocês evoluiu rápido, eu já esperava. Seus pais, eu também vi nos olhos deles, quando espiei pela janela o momento do anúncio, estavam radiantes de felicidade.

Aproveito e peço desculpas por ter sido tão bisbilhoteira, mas, como você bem sabe, Will, eu não tinha vida naquela época. Estava tentando recomeçar, e me fortalecia acompanhar a vida de vocês em silêncio. Era quase como se eu estivesse lendo um romance, com personagens reais, ou até mesmo assistindo a uma peça de teatro.

Entretanto, eu nunca quis um fim trágico. Não o fim que teve. Pelo contrário, desejava do fundo do meu coração que você e Daiana fossem felizes para sempre. Vocês eram como minha família, sabe. Como em qualquer bom romance que se lê, eu torcia para que vencessem qualquer obstáculo e que o amor de vocês continuasse a florescer e perfumar, como as damas-da-noite que continuavam a nos presentear com a presença peculiar e discreta.

Mesmo não sendo surpresa, eu me emocionei com o anúncio do casamento.

Confesso que tive lágrimas nos olhos.

Aquele foi um dia difícil para mim, pois, em muito tempo, senti uma felicidade genuína, que já não me acompanhava mais, e quis mostrar ao mundo o quanto eu estava feliz com as notícias. Contudo, eu não podia. Assim como com a tristeza, eu também devia guardar felicidade apenas para mim. Abrigá-la em meu peito, escondendo-a do mundo. Não é fácil ser uma pessoa invisível. Não é fácil estar completamente sozinha e em silêncio o tempo todo. Comemorei comendo uvas com Tilim e Estéfano. No florescer das semanas seguintes, eu acompanhei a construção da casa de madeira em que você e Daiana iriam morar. Foi lindo de se ver.

Você acordava antes que o sol e colocava cada tábua de madeira e cada prego com o maior sorriso que se pode ter. Quando a noite dava seus primeiros sinais, você então cessava o trabalho, parecendo relutante, pois queria logo finalizar a casa que seria sua e da mulher que amava.

Rapidamente ela ficou pronta, uma cabana, dentro dos terrenos da sua família, com vista privilegiada das parreiras, e bem próximo do mar.

Senti, novamente, após ter expandido minha estadia por meses, que era hora de partir.

Vê-los tão felizes como estavam dava-me a sensação de que eu pudesse, de alguma forma, reaprender a sorrir. E foi justamente na noite em que decidi partir de vez que tudo aconteceu. Uma verdadeira tempestade. A segunda em minha vida, daquelas que vêm para levar tudo consigo.

Lembro-me daquele dia como se fosse hoje. As nuvens se aproximando no horizonte, carregadas, trazendo fúria, tingindo o céu com seu manto sombrio.

Tudo, de repente, ficou escuro. Um vendaval se aproximava.

Lembro-me de sua feição, Will, quando saiu de dentro da sala de degustação de vinhos, em que ajudava seu pai, e percebeu que o dia escurecera, o mar se enfurecera, a noite chegara mais cedo, e você não sabia onde Daiana estava.

Ela havia saído para um passeio pelas trilhas atrás do vinhedo, com vista para o mar e os penhascos que o rodeavam.

Eu mesma, acostumada a dormir a céu aberto, não estava preparada para aquela súbita tempestade, que se aproximara com fúria e rapidez, sem aviso prévio, como se o céu tivesse algum motivo para punir-nos.

E assim foi.

Assim como eu, Daiana não vira a tempestade se aproximar e, entretida em sua trilha, não tinha como voltar ou se esconder quando as nuvens se aproximaram com força.

Naquele dia, já perdido no tempo e nas lembranças mais dolorosas que alguém possa colecionar, o mundo desabou. O fim de tarde se fez noite antes da hora, o céu chorou em prantos longos e barulhentos, descarregando tudo de si.

A pobre Daiana não voltava. Não havia nem sinal dela. Pela hora em que havia saído, devia estar apenas na metade da trilha, sem possibilidade de retorno rápido.

Você soube que algo estava acontecendo, Will, assim que observou as nuvens no céu. Seu olhar foi direcionado imediatamente para o lado da trilha, como se seu coração lhe mostrasse o caminho, mas você não sabia que ela estava lá. Não a vira sair, não falara com ela, creio eu, pois estava trabalhando.

Você saiu correndo, procurando por ela por todos os lados. Eu tentei gritar, mas você não me ouvia. Estávamos em lados opostos da fazenda. A chuva despencava, havia um mar revolto de parreiras entre nós e, além disso, eu continuava invisível para você, como se não existisse.

Então, sem ter qualquer outra opção, já que não podia perder tempo, eu mesma me embrenhei pela trilha. Foi um dos momentos mais assustadores que já vivi. Contudo, eu não podia deixar Daiana. A sua Daiana. Só eu sabia onde ela estava.

Eu conhecia aquelas trilhas como a palma das minhas mãos, calejadas e enrugadas pelo tempo.

Contudo, com o vendaval e a minha fraqueza, era difícil me mover com rapidez.

Eu juro a você, Will, que fui o mais rápido que pude. Lutei contra minhas limitações, agarrei-me à grama e aos troncos que encontrei pelo caminho, busquei abrigo na própria esperança de encontrar Daiana e ajudá-la de alguma forma.

A tempestade, com a mesma rapidez que veio, se foi. O céu não clareou, mas abrandou-se momentaneamente, ajudando-me a ver o caminho com mais nitidez e a ter alguma chance de encontrá-la.

Dentro de mim, havia somente um pensamento: a pior parte da tempestade ela enfrentara sozinha, junto dos penhascos. Isso martelava em minha mente, embora eu lutasse contra mim mesma e meus instintos para não pensar no pior.

Passo após passo, com dificuldade, arfando e tremendo, eu seguia jornada.

Desde que Jack havia me deixado, em uma tempestade semelhante, eu nunca mais havia rezado. Perdera toda a minha fé e esperança de que havia alguém, maior do que eu, ouvindo minhas orações, ajudando-me, já que esse alguém, supostamente, teria deixado acontecer o pior.

Entretanto, Will, naquele dia eu rezei. Enquanto subia os rochedos, observando a paisagem destruída pela fúria da tempestade, um total caos ao meu redor, eu pedi, em silêncio, com lágrimas sufocando-me, que eu pudesse encontrar a Daiana e levá-la de volta para você.

Seria meu presente às pessoas que haviam me ajudado tanto, sem saber. Seria uma forma de dizer o quanto amava vocês e seu vinhedo.

Mas há razões para tudo, Will, que estão muito acima de nós. Sol talvez possa lhe explicar melhor sobre isso quando voltar a telefonar para você nesta viagem maluca de metrô.

Seu telefone vai tocar, você pode ter certeza. Ele sempre toca. Em algum momento.

Então, pode perguntar a Sol melhor sobre as razões de eu não ter conseguido triunfar em minha missão naquele dia. Depois de muito caminhar, eu encontrei a Daiana. Não foi nada fácil olhar para baixo e vê-la, imóvel entre os rochedos.

Queira desculpar-me. As lembranças são dolorosas para mim também. Insuportáveis, eu diria. Revivo aquele dia em minha mente desde então, pensando nos erros que posso ter cometido e que podem ter contribuído para o resultado daquela tragédia.

Coloque-se em meu lugar. Eu podia ser uma mendiga, invisível para aqueles que passassem por mim, sempre com fome e frio – não fosse pela bondade de sua mãe ao me dar o moletom, e o refúgio das uvas que me alimentaram. Mas, mesmo assim, coloque-se em meu lugar por um momento. Nem sempre fui uma mendiga.

Fui uma criança feliz. Uma jovem apaixonada. Uma esposa dedicada. Uma viúva com um luto mais pesado que meus ombros conseguiam carregar, por isso passei a rastejar-me.

Quando, finalmente, após anos, reergo-me um pouco, ainda com as costas curvadas, tudo que tenho é a sua família, que me abrigou e me mostrou novos detalhes e expectativas da vida.

Bem nesse momento, quando decido seguir meu próprio destino, ele é interrompido novamente, dando-me uma grande responsabilidade. Eu sabia onde Daiana estava. No meio do caos, naquela fazenda enorme, não pude avisar ninguém. Apenas eu podia salvá-la. Aquela era a segunda grande tempestade da minha vida. E falhei novamente. Foi mais um furacão que veio para levar outra pessoa que significava muito para mim.

Eu olhei para baixo, Will, e vi Daiana, e a única coisa que consegui pensar era que deveria ir para junto dela. Eu tinha que me encontrar com as rochas também.

Abri os braços e respirei profundamente, mantendo Jack e Daiana em meus pensamentos, quando meu celular tocou. Eu sei, é estranho uma mendiga ter um celular e, acredite, eu não tinha um.

Algum celular, que eu não sabia de onde surgira, estava em meu bolso, tocando.

O final dessa história você sabe, Will. Você já é familiar com a voz que estava do outro lado da linha. Bem, meu caro, esse é o fim da minha narrativa. Estou muito feliz que as ligações de Sol me conduziram até aqui e que tomei a decisão de escutar e seguir tudo o que sua voz me dizia ao telefone.

Eu vim até você. Eu o encontrei finalmente, meu querido, e pude lhe contar o quanto também perdi naquele dia.

Agora você sabe que mais dores foram causadas e que diversas tempestades levam destruição à vida das pessoas ao redor do mundo. Pessoas que, como eu, podem cruzar sua vida sem que você saiba.

Neste momento, você pode estar causando um impacto em alguém que nunca conhecerá.

"Nunca" foi uma palavra exagerada, peço desculpas. Afinal, há sempre viagens inusitadas de metrô em nossa vida, com surpresas a cada estação.

A minha já está chegando, vou precisar descer e seguir em frente.

Hoje, pela primeira vez em tanto tempo, sinto meu coração mais leve, pois pude olhá-lo nos olhos, querido Will, e ser ouvida e notada por você. Pude tirar de mim os segredos daquele dia e dizer a você, sem medo, o quanto nossas dores nos conectaram e o quanto elas nos conectam a diversas outras pessoas no mundo.

Há muitas pessoas, neste momento, ligadas a você, por dores e alegrias, e esta viagem de metrô representa tudo isso. Este vagão está conectando estações, aproximando e distanciando tudo que precisa, conduzindo histórias, deslizando pelo andar subterrâneo da vida de muitas pessoas, por entre dores e sonhos, trazendo as respostas e fazendo novas perguntas. Não é isso a vida?

Não são apenas nossas dores que nos conectam, as tempestades que enfrentamos na vida, as perdas e os fracassos. É também muito mais que isso. Nosso amor pelas mesmas uvas, pelo vinhedo junto ao mar, pelo mesmo lugar que chamamos de lar. Por Tilim e Estéfano. Por uma senhora simpática que entrega moletons a quem tem frio. Por flores tão pequeninas e quase imperceptíveis, não fosse o rastro de perfume que deixam no ar. Não são só as tristezas, Will. São as alegrias. Principalmente as alegrias. Pense nisso.

7.

Indo a algum lugar (e não a lugar algum)

Também havia acabado de descrever a vida, e todas as possíveis jornadas que levam para algum lugar.

Quando terminou de ouvir as palavras de Mina, Will tinha o rosto molhado pelas lágrimas, mas, por dentro, ele começava a sentir sinais de paz, como quando os raios encontram uma fresta para aparecer por entre as nuvens após a tempestade.

Por todos aqueles anos, as lembranças vagas daquele dia o haviam perturbado e assombrado, e agora, finalmente, ele tinha novos detalhes para compor um mapa dos caminhos que eram desconhecidos à sua mente.

Daiana havia partido fazia muito tempo, e a dor por sua perda o castigava a cada novo pulsar de seu coração.

Contudo, ele ganhara um presente. Agora, Mina chegara, subira no mesmo vagão de metrô em que ele estava, em uma viagem inusitada, durante uma noite esquisita. E ela lhe mostrara uma nova faceta de sua própria vida. Um novo lado, antes obscuro, da vida que ele conhecia, ou pensava conhecer.

Aquela simpática senhora havia sido enviada por Sol. Mais do que nunca, quis que o celular voltasse a tocar. Mas, enquanto isso não acontecia, ele continuava a contemplar Mina e a jovem Daiana (aquela que ele "criara") sentadas ao seu lado. Todos eles estavam muito emocionados.

Dentro do peito, a dor pela perda ainda ecoava, entretanto, ele sentia um tipo de pesar mesclado com paz ao entender e aceitar um pouco mais sobre os anos que haviam ficado para trás. A tempestade que levara Daiana e a vida deles junto às uvas, às damas-da-noite e ao mar.

– Eu sinto muito por tudo – Mina disse mais uma vez, com a voz cansada.

– Eu também – falou a jovem Daiana.

– Agradeço.

– Aquele dia, assim como quando perdi Jack, está gravado nas minhas lembranças mais dolorosas.

– Mina, você fez tudo o que podia. A culpa é minha por não ter enxergado você, por não ter agido da forma certa, não saber onde ela estava, não ter sido mais rápido...

– Você deve se perdoar. O que aconteceu foi uma tragédia, nem você nem eu poderíamos ter impedido. Caso não aceite isso, do fundo do seu coração, esta viagem será em círculos. Fazer com que este vagão de metrô vá para a frente só depende de você.

– Acho que estou começando a compreender tudo isso.

– E é exatamente esse o motivo de minha partida estar próxima – Mina piscou para ele. – A estação seguinte está chegando.

– Você disse que, depois daquele dia e da ligação de Sol, para um celular que você nem sabia possuir, passou a vagar pelo mundo e pelos trilhos do metrô.

– Você não faz ideia, meu rapaz, de quantas estações diferentes eu conheço.

– Encontrou seu caminho?

– Não completamente. Mas, pelo menos, agora estou indo para algum lugar. Ficar parado é o que não se pode fazer.

Ele respirou fundo e contemplou a viagem em silêncio por um instante.

O cheiro de dama-da-noite, o ar gélido do metrô, o olhar curioso da jovem Daiana que o acompanhava. A bengala e o moletom rasgado de Mina. O celular em silêncio.

Tudo aquilo que o acompanhava naquele instante tornava aquele um momento único.

Como todos os momentos são, ou deveriam ser. Marcados por pequenos tesouros.

Finalmente, ele disse as palavras que desejava, antes que Mina descesse na próxima estação:

– Você me pediu perdão hoje mais cedo, Mina, mas sinto que sou eu quem deve um pedido desses a você. Pelo tempo em que viveu em nossa fazenda, eu nunca a vi. Não lhe dei meu olhar, nem meu afeto, apesar de sentir o seu.

Vendo a face perplexa da senhora, ele explicou rapidamente:

– Sim, eu sentia sua presença. De certa forma, naquela época, era como se eu me sentisse vigiado e protegido. Querido. Seu afeto não passou despercebido, eu apenas não tinha aberto os olhos ainda. Fico feliz que tenha passado um tempo com a gente, mesmo que em silêncio, e que tenha convivido conosco, com Tilim e Estéfano, com as uvas.

Mina enxugou a lágrima que rolou por sua face.

– Você tem a bondade de sua mãe. Só precisa reaprender a usá-la. A dor soterrou muita coisa aí dentro, querido Will.

– Palavras sábias, como sempre, Mina. Você me perdoa?

– Se você insiste. Mas, assim como me falou, você não tem motivos para pedir perdão.

Will caminhou até Mina e a abraçou com força, sentindo naquele abraço toda a dor que eles compartilhavam, juntos e com o mundo; todo amor por uma vida que haviam vivido juntos, em certo momento, e que ficara para trás.

Eles eram família.

– Depois do que aconteceu com Daiana, depois que a encontramos nos rochedos, eu parti – Will falou, contemplando as lembranças daquela época, junto de Mina e da jovem Daiana no metrô.

– Partiu?

– Sim. Deixei tudo para trás. A fazenda, meus pais, as uvas, o jardim das damas-da-noite e meus queridos cães. Aliás, eu tentei deixar tudo para trás. A dor por ter perdido Daiana não me deixava continuar ali, no lugar em que nos conhecemos e em que íamos passar a vida juntos. A casa que eu construíra para nós, o futuro que não tivemos tempo de ver chegar. Era doloroso demais. Contudo, por mais que eu tenha tentado, nada daquilo saiu de mim. Eu parti da vinícola, mas continuei a me sentir parte de tudo aquilo. Não é o que nos rodeia, é o que está dentro de nós que nos torna quem somos.

– Exatamente – concordou Mina, com um sorriso. – E como você pode correr de algo que está dentro de você?

– É impossível. Por isso eu vim para a estação de metrô. Durante duas décadas tentei escapar da dor, mas ela me consumiu a cada dia mais, fincando suas garras em mim, lacerando minha pele, revirando meus órgãos, retorcendo minha alma. Indo junto de mim, como minha fiel companheira, para qualquer lugar que eu fosse. Não aguentei mais. Especialmente hoje.

– Eu sei bem que dia é hoje, Will. Não foi à toa que nos encontramos nesta noite. Sol arquitetou tudo para que nossos caminhos se cruzassem mais uma vez, no dia de hoje.

Estamos exatamente no dia em que a tragédia com Daiana aconteceu, vinte anos atrás.

– Não suportei mais, Mina. Ainda bem que Sol me ligou e impediu que eu fizesse uma loucura na estação. Esta jornada, desde então, tem sido esquisita e dolorosa, mas tem trazido certo alívio a feridas há tanto tempo abertas.

– Jornada esquisita e dolorosa... Você acabou de descrever a vida, meu caro!

Enfim, havia chegado a hora.

Mas não era um adeus.

Will e Mina bem sabiam, dentro de seus corações, o quanto estavam unidos desde décadas atrás, pelos mesmos e maiores amores e dores que se pode sentir em uma existência.

Agora que finalmente haviam ficado cara a cara e colocado em palavras tudo que latejava em seus interiores, o laço entre eles se tornara ainda mais forte.

Não seria uma despedida em uma estação de metrô que ousaria afrouxar tal laço.

Eles ficaram em silêncio por um instante, sentindo a velocidade do vagão diminuir. Até que ele parou por completo, e suas portas se abriram automaticamente.

Era chegada a hora de Mina seguir em frente, para outra estação, enquanto Will e a Daiana que ele criara seguiriam viagem. Muito ainda tinha de ser respondido.

Mina olhou para Will, bem de perto, tocando sua face, com o carinho de quem está diante de um filho, e olhando bem dentro de seus olhos. Nesse instante, tudo foi silenciado, dores e perguntas nunca feitas.

Passo a passo, ela deslizou para fora do vagão, acenando para Will e Daiana com ternura, e certo pesar por deixá-los naquele momento.

As surpresas daquela noite, porém, estavam longe de acabar.

Quando Mina se afastou de vez e já estava na plataforma, as portas do vagão se fecharam e Will seguiu viagem. Mas não sem antes ver, em um vislumbre, conforme o metrô voltava a ganhar velocidade sobre os trilhos, alguém aproximar-se de Mina na plataforma vazia.

Era um senhor de sorriso bondoso e passos firmes, porte de quem fora um grande atleta em dias já passados.

Não era preciso que nada fosse dito, Will sabia quem era aquele homem.

Ele não tivera tempo de ver a cena quando os olhares de Mina e Jack se cruzaram na plataforma; pôde, porém, seguir feliz por saber que eles estavam agora juntos mais uma vez, indo para a próxima viagem.

Uma forte sensação de paz invadiu-lhe o espírito. Respirou fundo e voltou a sentar-se no vagão do metrô, contemplando Daiana e as verdades que ela trazia consigo e que, por tanto tempo, ele havia tentado evitar.

No dia em que eu mostrei as damas-da-noite à Daiana, pouco depois de termos nos conhecido no vinhedo, eu sabia que aquela seria a maior verdade da minha vida até o fim. Amá-la. E isso permanece. Nada mudou.

Ela compreendeu aquelas flores, de forma que só compreende quem procura alguém na multidão. Quem entende que, em meio a tantos aromas, há um perfume discreto, esperando que você o note, o entenda, o ame.

Daiana era como as damas-da-noite para mim, e nosso sentimento cresceu daquela forma: algo que, de tão pequenino, a princípio, fez-se grande. Algo que, de um tesouro escondido, passou a ser o perfume mais notável do mundo. Eu a amei e a amo a cada segundo. Construímos uma vida juntos.

A vinícola, o mar, nossos cães.

Por mais de um ano, vivemos cada dia tendo a certeza de que ele era o dia mais feliz de nossa vida, até que chegasse o dia seguinte e isso aumentasse ainda mais.

Como você sabe, pois ouviu a narrativa de Mina, isso logo foi tirado de nós, pouco antes de nosso casamento.

Naquela noite, exatamente vinte anos atrás, entre tempestades, perdas e tragédias, eu não apenas perdi a Daiana. Perdi a mim mesmo. Quem eu era e tudo o que queria. Qualquer vestígio de sonho ou esperança se foi. Tudo de mim havia, também, sido atirado pelo penhasco, com a força do vendaval que viera em minha vida e a revolvera sem piedade.

Agora penso em como minha história junto de Daiana foi vista por outro ângulo. Mina. Ela nos espreitou e amou sem ser notada.

Como eu era cego naquela época! Penso em quantas vezes passei perto dela e nunca lhe direcionei meu olhar. Naquela noite, talvez, pudéssemos ter feito algo juntos a tempo de salvar Daiana.

Besteira. Não adianta pensar em algo que não podemos fazer diferente.

A minha Daiana se foi. E você, a outra Daiana, está aqui, ouvindo-me falar mais um pouco sobre a noite em que a perdi. Com certeza, você continua a se questionar como a conheço, por que vocês têm o mesmo nome, como a criei.

Depois da visita de Mina e dos trilhos que percorremos juntos nesta jornada, e que me trouxeram a um reencontro comigo mesmo e com meu passado, fazendo com que eu visse minha própria vida com outros olhos, estou pronto para dizer quem você é, jovem Daiana.

A história de sua criação começa logo após a tragédia com minha Daiana.

Após a narrativa de Mina, eu segui sozinho, por isso, este capítulo sou eu quem deve contar.

Assim como as flores, nós sempre recomeçamos ciclos a cada estação, mesmo que seja uma estação de metrô qualquer. E como as flores, nós mudamos, florescemos ou murchamos, mas, na essência, somos sempre os mesmos.

Foi isso que me fez procurar os vinhos novamente. Entre eles, eu me sentia em casa de certa forma.

Vou ser mais claro.

Assim que perdi a Daiana e a mim mesmo, como consequência, resolvi deixar tudo para trás, na esperança de que a dor também me deixasse.

Como você sabe, falhei e continuo falhando nesta última parte. Contudo, segui com meu plano de fugir da vinícola da minha família, jurando nunca mais voltar para aquele lugar, em que havíamos nos conhecido e construído nossos sonhos.

Acabei trabalhando em um restaurante, bastante fino, como especialista em vinhos.

Pode parecer irônico ou até mesmo triste, mas essa foi minha nova realidade, até alguns dias atrás. Sim, por vinte anos, trabalhei em restaurantes na cidade grande, aprovando, recomendando e combinando vinhos de todas as partes do mundo, para os clientes mais exigentes.

Entretanto, devo admitir algo a você, Daiana, que jamais admiti para ninguém, nem mesmo para mim (pelo menos, não em voz alta).

Já não apreciava o aroma dos vinhos. Na verdade, até mesmo os odiava, ao mesmo tempo que não conseguia me distanciar deles.

Era como se eles não tivessem mais vida.

Tudo o que me fazia sentir em casa ajudava-me a não conseguir me distanciar do passado. Você deve pensar que sou um covarde ou, no mínimo, contraditório. Fugi de tudo, querendo recomeçar, mas mantive-me preso, sabotando a mim mesmo, por todo esse tempo.

A dor não ia embora, de qualquer forma, não importava o que eu fizesse.

Eu estava agora, pela primeira vez na vida, morando em uma cidade grande, pegando o metrô todos os dias, rodeado por pessoas, ocupando-me com o trabalho, tentando não me lembrar da dor.

Mas, quando a noite chegava e a cidade silenciava, eu ficava a sós comigo mesmo, e tudo que escutava eram as saudades dela gritando em meu peito. Aquele vazio sem fim.

Com o passar dos meses em minha nova vida, encontrei algo para fazer. Algo que pudesse preencher meus vazios antes do sono.

Escrever.

E é aqui, Daiana, que você entra nesta história.

Na minha história.

Nossa história.

Eu penso em Tilim e Estéfano, correndo por entre as parreiras, desajeitados e felizes. Eles com certeza partiram desta vida, em algum momento, ao longo dos anos em que não os vi. Isso me consome a cada dia. Às vezes, sinto como se tivesse feito todas as escolhas erradas em minha vida, uma após a outra.

Meus pobres e amados cães. Não passa um dia sem que eu pense neles e lamente por tê-los deixado.

Fugir dali foi a única coisa que consegui fazer, mas o preço que paguei foi muito alto. Não dei adeus a eles, não tive notícias, não sei qual foi o destino deles, que fizeram da minha juventude mais feliz.

E meus pais. Ah, meus pais! Nunca mais os procurei também, não disse para onde tinha ido.

Simplesmente, peguei a estrada e cheguei a algum lugar. E, como diria Mina, cheguei a lugar nenhum ao mesmo tempo. Enfim, foi toda essa nostalgia que me fez criá-la, Daiana.

Quando a Daiana partiu, ela estava prestes a ter a sua idade, mas ela se foi antes de completá-la. Como forma de viver minha vida ao seu lado, eu escrevia como seriam nossos dias juntos, caso ela estivesse ali comigo.

Passei a escrever sempre. Dia após dia. Noite após noite. Meu único consolo era viver uma realidade paralela em minha mente, completamente oposta à minha. Uma realidade em que Daiana estava viva, ao meu lado, por entre vinhos e perfumes. Nessa fantasia que eu escrevia, ela comemorou o aniversário junto de mim. E essa é você.

A Daiana verdadeira estaria hoje com quarenta anos, mas você, por ser uma projeção dela, será sempre jovem. No ano seguinte, eu parei de escrever.

Portanto, jovem Daiana, você é tudo que restou dela, uma lembrança de um futuro que nunca vimos chegar, presa em folhas de papel. Você não é a minha Daiana, é, na verdade, a personagem de um livro que eu criei sobre ela, mantendo-a viva para sempre.

– Por que você não disse que era um escritor? E como assim eu sou uma personagem? Isso quer dizer que eu... não existo de verdade? Mas como posso estar aqui, neste vagão de metrô, indo para algum lugar com você?

– São muitas perguntas. Eu não tenho resposta para todas elas (essa frase virou recorrente esta noite). Digamos apenas que, assim que você entrou aqui, eu sabia que você era a Daiana do meu livro, uma versão que não tive a chance de ver chegar da minha Daiana. Uma projeção do futuro criada por mim e por meu coração em dor. Portanto, sendo assim, tendo você sido criada por algo maior que eu mesmo, como você poderia não existir? É claro que você existe! Apenas de uma forma que não conseguimos colocar em palavras. E, pra ser sincero...

– Sim?

– Eu acredito que tudo tem a ver com o telefonema.

– Telefonema?

– Sim. Sol me ligou quando eu estava na estação, fez-me embarcar nesta viagem. Fez com que Mina me encontrasse e partilhasse sua história comigo. Ouso até dizer que Sol é responsável pelo reencontro de Mina e Jack na estação em que a deixamos. Sendo assim, também sabemos que Sol fez com que você me encontrasse nesta noite, jovem Daiana, para ajudar-me a me lembrar de muitas coisas, e, acima de tudo, de quem eu sou. Você é parte de mim. Uma parte que não posso mais esconder.

– Você publicou o livro sobre mim? Eu sou famosa?

– Sinto dizer, mas o livro nunca foi publicado. Eu imprimi um manuscrito, e ele está na gaveta da minha escrivaninha, no meu apartamento na cidade.

– Existe, então, apenas uma cópia?

– Exato.

– E qual é o título?

– Meu último ano ao seu lado.

– Bastante triste.

– É mais triste ainda pensar que é um ano fictício. A Daiana verdadeira partiu ainda mais cedo. Eu dei a nós dois uma última chance, um último ano vivendo juntos, mas, depois, sucumbi à dor e não finalizei a história.

– Sua história com a Daiana não tem e não terá fim, como você poderia pôr fim no livro? Se tivesse escrito o final, não seria verdadeiro.

– Obrigado, Daiana. Você tem razão. Talvez, eu devesse ter publicado o livro como está, com o final em aberto, como todas as histórias são.

– Obrigada, Will, por ter me criado e me explicado quem eu sou, apesar de isso ter lhe trazido muita dor.

– A dor traz sempre um aprendizado, estou começando a me acostumar com isso.

– Alô? – disse Will, bem próximo do celular desligado, que voltara a tocar, interrompendo sua conversa com a jovem Daiana.

– Olhe pela janela do metrô, Will. Veja que você está no caminho certo.

Ele tentou olhar, mas o vagão estava muito rápido.

– Não consigo ver nada, pra ser sincero.

– É exatamente essa a sensação – disse Sol, do outro lado da linha.

– Por que você demorou a ligar? Já sei. A linha estava ocupada.

– A minha, não. A sua – disse Sol, dando risada. – Você estava ocupado com a Mina e a Daiana que você mesmo criou. Falando nisso, coloque no modo viva-voz, eu preciso dizer algo a ela.

– Como vou colocar no viva-voz uma chamada em um celular sem bateria?

Contudo, Sol tinha uma resposta enigmática para isso também, pois, imediatamente, sua voz ecoou pelo vagão do metrô, vinda do celular.

– Daiana? Como se sente? – perguntou Sol.

– Confusa.

– É compreensível.

Após um silêncio em que todos pensaram nas feridas, Sol continuou:

– Bem, você sabe por que eu quis falar com você, não é, Daiana?

– Sim, eu posso sentir – a jovem respondeu.

– O que está acontecendo? – indagou Will, sem nada entender.

Sua pergunta não precisou de uma resposta mais clara. Naquele mesmo instante, o metrô parou e as portas se abriram.

– Siga sempre em frente, exceto quando tiver de fazer curvas – disse Sol.

Daiana riu daquela frase, e Will ficou ainda mais confuso. Sol, contudo, sabia que tinha razão.

Também havia acabado de descrever a vida, e todas as possíveis jornadas que levam para algum lugar.

8.
Rumer, Pip, o espelho e o metrô

Tive, então, uma forte vontade de caminhar e ir até o metrô.

Sol parecia feliz ao telefone.

Will, por sua vez, via a jovem Daiana partir, aquela que ele criara por meio de palavras, como forma de congelá-la no tempo.

Sua personagem, que era tão conhecida, mas ao mesmo tempo tão estranha ao seu coração, saía do vagão, encorajada pelas palavras de Sol e pelas verdades que descobrira ao ouvir as narrativas de Will e de Mina.

Ela ficou um tempo parada na plataforma vazia, acenando para Will, que mantinha o celular na mão, enquanto acenava com a outra.

– Eu sei o que você vai dizer agora, Sol. Eu preciso deixá-la partir.

– Você notou como já é uma pessoa totalmente diferente de quando esta jornada começou, Will? É exatamente isso o que eu diria. Seguir em frente é uma parte importante de todo esse processo. Além do mais, eu odeio dores no pescoço, e você?

– O quê? Você está bem, Sol?

– Claro! Não poderia estar melhor! Falei de dores no pescoço, pois as suas devem ser horríveis, de tanto olhar para trás.

Will abriu a boca para responder aquele comentário de Sol, que, como sempre, era estranho, mas até que fazia sentido. Contudo, ele notou que o vagão do metrô continuava parado.

A jovem Daiana virara de costas e caminhava para fora da estação, distanciando-se cada vez mais do metrô. Ainda assim, diferentemente de todas as outras vezes, em que o metrô saía apressado de cada estação, ele permaneceu parado, com as portas abertas.

– O que está acontecendo, Sol?

Alguém, vindo muito rápido pela estação, esbarrou em Daiana pelo caminho, mas na direção contrária. A pessoa, quem quer que fosse, mantinha a cabeça baixa e corria para não perder o metrô.

Isso não faz muito sentido, pensou Will, já que o metrô parecia estar esperando pela pessoa.

E foi exatamente isso que aconteceu.

Assim que o novo companheiro de viagem de Will entrou no vagão, ele fechou as portas e ganhou velocidade.

Era estranho. Aquela noite conseguia ficar mais estranha a cada estação.

Agora, Will estava com outro homem, que aparentava ter a mesma idade que ele, e, inclusive, até se parecia fisicamente com ele, embora tivesse a barba mais relaxada ainda.

– Você tem algo a dizer sobre isso, Sol? – ele indagou, voltando a falar ao telefone.

– Não. No momento, não tenho mais nada a dizer. Apenas aproveite a viagem para conversar um pouco. Falo com você mais tarde.

O celular ficou mudo.

Meu nome é Rumer.

Não precisa se apresentar, sei que você é o Will. Sol me falou de você.

Receio que não temos muito tempo. Sol disse que eu devia ser objetivo, pois tenho que pegar outro metrô logo em seguida. Já vou descer na próxima estação. Você quer ouvir a minha história? Não sei exatamente como ela se conecta com a sua, vamos ter que descobrir. Mas, se Sol me enviou aqui, acredito que seja por um bom motivo.

Além disso, de uma forma ou de outra, estamos todos no mesmo barco, não é? As histórias sempre acabam se cruzando, mesmo que rapidamente, entre uma estação e outra desta jornada.

Não posso perder tempo com mais apresentações. Está pronto para ouvir minha história, Will?

Eu sinto tanto a falta *dela*. É uma dor que me consome, dilacera, tira a paz.

Todas as noites, desde que o pesadelo real se instalou em minha vida, fico horas deitado na cama, olhando para o teto ou, às vezes, através da janela do apartamento frio e silencioso, só para variar um pouco.

Nesses longos momentos, em que a solidão parece se tornar ainda maior, fico pensando nela e em nós dois juntos. Tudo parece ter acontecido em outra vida.

Eu parecia ser outra pessoa. Até costumava saber sorrir. No tempo que passamos juntos, eu queria viver, acordar, ver o sol, caminhar nos fins de tarde, ir à praia nos fins de semana, envolvê-la com meus braços em todos os momentos que pudesse, pensando que esse simples gesto fazia com que eu me sentisse seguro. De mim mesmo.

Eu reconhecia o peso dos meus erros e das minhas escolhas. Se for verdade o que dizem, e são nossas escolhas que nos definem, estou acabado em qualquer sentido que se possa imaginar.

Escolhi tudo errado; no fundo, porém, foi tentando fazer o certo. Foi por ela. Por nós. Pelo cara que eu era quando estava ao seu lado.

Um cara feliz. Tão feliz que vivia sob um constante manto de medo de que ela fosse tirada de mim e, assim, a felicidade me deixasse.

Nem todos conhecem a felicidade na vida. E eu conheci. Por isso mesmo, é ainda pior a sensação de perda. É ainda mais triste estar triste. Afinal de contas, eu estava certo, meu medo era justificado. *Ela se foi.*

Mas não foi por culpa da vida, e sim por culpa minha mesmo. Como posso ter sido tão burro?

A verdade é que não importa quantas vezes eu me faça essa mesma pergunta antes de dormir, nunca encontro uma resposta que me traga paz. E quando me viro sobre a cama, é apenas para ter a cruel certeza de que ela não está lá ao meu lado.

Nosso apartamento era pequeno, com dois quartos, sala e cozinha conjugadas e um banheiro de bom tamanho. Lembro que ela adorou aquele banheiro, e foi essa a razão por termos alugado o apartamento no fim das contas. Ela passava longos instantes lá pela manhã, arrumando-se, maquiando-se, alisando o cabelo. Não importava quantas vezes eu dissesse que já era linda, ela nunca parecia satisfeita consigo mesma enquanto não passasse por seu estranho ritual diário de embelezamento. Acho que isso é coisa das mulheres em geral.

E eram essas pequenas coisas que faziam aumentar minha dor. A lembrança da rotina, da vida ao lado dela, da simplicidade dos nossos dias, até que eu acabasse com tudo.

Certa noite, eu estava novamente deitado na cama, tentando encontrar um ponto de partida que fizesse sentido no emaranhado de pensamentos e culpas que eu carregava, quando algo estranho aconteceu.

Pip, nosso West Highland White Terrier, dormia todo enrolado em torno de si mesmo sobre um tapete felpudo aos pés da minha cama. Seu focinho negro desaparecera em meio à pelagem branca bagunçada, o que fazia com que parecesse uma almofada perdida no chão.

Sons de passos se aproximaram de nós, como se cruzassem o estreito corredor que levava ao quarto. Não tive como supor que o som viesse apenas da minha imaginação, uma vez que Pip também escutou e logo levantou as orelhas em sinal de alerta, enquanto fitava a porta à espera da aproximação de alguém.

Não tive medo.

O maior medo que eu já tivera na vida havia se concretizado; portanto, se fosse um ladrão ou qualquer outro tipo de problema, não me importei.

Confesso que me assustei ao ser atingido pelo claro som de um trovão, tão próximo e inesperado, e saltei da cama. A noite estava se tornando clara. Não porque a manhã se aproximava. Sem que eu notasse, nuvens carregadas haviam recoberto o brilho das estrelas.

A chuva não demorou a chegar.

O som dos passos no corredor foi abafado pela tempestade que desabava lá fora, então, fechei os olhos e esperei pacientemente que quem quer que tivesse invadido meu apartamento durante a noite se aproximasse.

Aproveitei para apreciar o som da chuva. Costumava fazer isso ao lado *dela*.

Um novo som, inesperado e inoportuno, cruzou a noite, provando que eu não conseguiria dormir nem mesmo se quisesse.

Com o coração acelerado, dei-me conta de que, dessa vez, era o telefone.

O aparelho sem fio estava na cabeceira de minha cama. Havia me esquecido de desligá-lo quando fui me deitar. Tenho esse costume desde que a insônia passou a ser uma companhia diária em minha vida, e, portanto, eu não podia me dar o luxo de ser acordado por uma ligação quando finalmente conseguisse cair no sono.

Amaldiçoei a mim mesmo em pensamento por ter me esquecido de desligar o aparelho naquela noite. A pessoa que incomodava meus devaneios noturnos era, no mínimo, inconveniente. O telefone chamou muitas vezes antes de silenciar e, quando pensei que poderia voltar a apreciar o som da chuva feroz, o aparelho voltou a tocar.

Fitei a janela, tentando não olhar para o telefone. Notei que minha respiração se tornara ofegante. Lembrei-me *dela*. E, mais uma vez, de que eu a perdera.

Tentando agora afastar meus olhos da janela, virei-me mais uma vez, e voltei a fitar o telefone.

Deixei tocar.

E tocar.

Tocar...

Até que meus nervos me venceram e estiquei o braço, a fim de soltar todos os palavrões que conhecia para a pessoa do outro lado da linha.

Para começo de conversa, eu já não tinha família, amigos, ou qualquer pessoa no mundo que se importasse comigo. Portanto, a ligação inconveniente, além de tudo, vinha de algum energúmeno que discara o número errado ou de algum adolescente desocupado, querendo acabar com a noite de alguém.

Apenas Pip se importava comigo. Isso era triste. Mas pensei que, talvez, algumas pessoas não tivessem nem isso.

De qualquer forma, não era Pip que me ligava, por motivos óbvios.

Eu realmente deveria estar ficando com sono por pensar aquilo naquele momento.

Desculpe, eu me lembro de todos os detalhes daquela noite.

Na minha mão, o telefone ainda tocava insistentemente, e eu o fitava. Era hora de aquele engraçadinho que me perturbava ouvir poucas e boas. Apertei o botão e disse...

Você não vai querer saber o que eu disse. Acredite.

Xinguei até a quinta geração do indivíduo e, quando finalmente fiz silêncio, sentindo-me mais relaxado após extravasar a raiva, percebi que não havia ninguém do outro lado da linha.

Mantive o telefone colado à orelha por alguns instantes, e só o soltei quando o inesperado visitante noturno – provavelmente um ladrão, que me espancaria de raiva ao perceber que invadira o apartamento de alguém falido – cruzou a soleira de minha porta.

Reconheci suas roupas, porque eram *minhas*. O cabelo bagunçado, os óculos tortos na face clara, os cabelos escuros desgrenhados e as expressões cansadas.

Era eu mesmo que estava ali. Fitando-me reciprocamente, como se um espelho tivesse surgido de forma mágica naquele ponto. Eu entendi.

Era hora de encarar a mim mesmo e as escolhas que haviam arruinado quem um dia eu havia sido.

Um novo trovão, somado aos latidos de Pip, fez com que eu levantasse da cama.

É estranha a sensação de sair bruscamente de um sonho – ou pesadelo – tão vivo. Senti-me tragado para um mundo ao qual não pertencia. O mundo real. A vida real. Ou seja, uma droga completa. Preferiria dormir, e não mais acordar.

Eu e Pip vivíamos no décimo nono andar, o que não era bacana, já que não me dou muito bem com alturas.

Falando no meu (*nosso*) belo cãozinho, ele permanecia dormindo aos pés da minha cama. Nenhuma figura parecia lhe perturbar os sonhos, como acontecia com seu dono. A soleira da porta, que o meu próprio reflexo cruzara havia pouco no pesadelo, jazia completamente vazia. Mas, ainda assim, era como se não houvesse apenas eu e Pip naquele quarto. Algo estava diferente.

Foi então que me dei conta do que estava acontecendo. Eu havia acordado tão bruscamente que não notara que algo, do estranho e perturbador sonho, me acompanhara na realidade.

Eu e Pip realmente não estávamos sozinhos. O telefone estava tocando.

Olhei para o relógio na parede. Passava das duas da manhã.

Determinado a, dessa vez, amaldiçoar quem quer que estivesse ligando, busquei o aparelho, levei-o próximo à face e perguntei com a voz rouca:

– Quem está falando?

Não sei se conseguirei explicar os milhares de sentimentos estranhos que invadiram minha cabeça quando a voz do outro lado da linha disse que era "Deus".

Só podia ser uma brincadeira, mas, de alguma forma estranha, não parecia ser. Não sei por que tive essa sensação. Talvez fosse a falta de uma boa noite de sono.

Tentei pensar se já ouvira algo sobre isso. Deus liga para as pessoas?

Quer dizer, é Deus. Obviamente, conseguiria uma linha telefônica se quisesse. Pensei até que talvez Ele realmente realizasse ligações. Cada dia para uma pessoa do mundo. Ele é eterno (imagino), portanto, poderia passar bastante tempo fazendo isso, certo? E, talvez, por algum motivo, as pessoas não conversassem sobre isso, não dissessem umas às outras como havia sido seu papo com Deus ao telefone.

Definitivamente era a falta de sono. Eu estava insanamente confuso naquela noite. Você pode pensar que sou idiota pela resposta que dei a seguir – as primeiras palavras que dirigi a Deus ao telefone –, mas duvido que você não teria feito a mesma pergunta:

– É Deus quem está falando? Então posso fazer um pedido?

– Você entende que não sou o gênio da lâmpada, não é? – respondeu-me a voz do outro lado da linha.

Fiquei sem saber o que dizer. Claramente nunca imaginei que essa resposta viesse. Mas como também nunca imaginei receber uma ligação dessas, tentei disfarçar meu espanto. Além disso, a voz era bastante indecifrável, e Ele parecia ter um senso de humor inesperado.

– É o seguinte – disse –, você não ligou em um bom momento. Será que posso retornar a ligação em alguns instantes? Prometo que não passo o número para ninguém.

Ele interrompeu-me com uma profunda e sonora gargalhada.

– Isso não será possível – falou. – Esta linha só toca daqui para aí.

– E onde exatamente é "daqui"? De onde está ligando?

– Não liguei para falarmos sobre mim. Precisamos ter uma conversa a seu respeito.

– Sim, concordo – disse, ganhando um pouco de esperança. – Por isso, eu queria fazer um pedido. Você acha que poderia trazê-la de volta para mim?

– Presumo que esteja falando de sua mulher, a Jennifer.

Soltei um grito de felicidade ao telefone.

– É isso mesmo! Você realmente é Deus! Por favor, eu faço qualquer coisa se você puder trazê-la de volta. Qualquer coisa!

– Pelo que vejo, esta será uma longa conversa.

Percebi que não estava correspondendo às suas expectativas. Talvez fosse melhor interromper a ligação por um momento, jogar água gelada na face, clarear os pensamentos e, então, ouvir o que Deus tinha a dizer. Afinal, fora Ele quem me ligara. Eu tinha certeza de que esse era o sinal de que eu precisava para saber que não estava tudo acabado. Talvez eu tivesse uma segunda chance de reparar todas as escolhas erradas. Embora não merecesse – sabia que havia sido burro um milhão de vezes e que meus erros eram imperdoáveis.

Isso tudo era mais uma prova de que era realmente Deus do outro lado da linha. Apenas Ele poderia me perdoar e acreditar que eu ainda merecia uma nova chance. Mesmo depois de tudo o que fiz.

Como se lesse meus pensamentos, disse:

– Rumer, você quer que eu retorne esta ligação?

– Sim – respondi. – Em alguns minutos, se você não se importar.

Desligamos.

Tive um súbito medo ao pensar que, talvez, Ele não retornasse. Mas o impossível já havia acontecido; então, Ele certamente ligaria mais uma vez.

Fui até o banheiro e lavei o rosto. Analisei minha face cansada por alguns instantes. O sofrimento e o arrependimento haviam acabado comigo.

Eu era a personificação daquela velha expressão: "envelheceu dez anos em dez dias".

Pip havia acordado e tentou seguir-me pela casa, como sempre fazia, mas ele estava tão cansado que acabou optando por voltar para o quarto. Deixei que subisse na cama e se aninhasse entre os lençóis e as incontáveis almofadas que eu abraçava durante a noite, desde que não tinha mais Jennifer.

Em seguida, fui à cozinha e abri uma cerveja.

Em dois goles – talvez, três –, bebi toda a garrafa.

Peguei mais uma.

Não sei o quanto daquilo seria prudente, mas, sinceramente, o que estava sendo prudente na minha vida? Será que algo ainda fazia sentido? Qualquer coisa?

Tudo era vazio, e eu sentia-me constantemente mergulhado em um oceano de tristeza.

Sentia como se estivesse nadando, sem enxergar nada à minha frente. Indo para lugar nenhum com passagem só de ida. Você conhece bem esse caminho, não é, Will?

Era uma dor sem fim. Tudo o que me rodeava. Tudo o que restara. Tudo o que eu tinha.

Quando terminei a terceira cerveja, voltei para o quarto, sentindo que, com a ajuda da bebida – que era basicamente a única coisa que restara em meu apartamento –, talvez aquela ligação não fosse tão estranha assim.

Mal tive tempo de sentar na cama, e o telefone tocou.

Se está pensando que eu tinha um identificador de chamadas, devo dizer que infelizmente não. E, mesmo se tivesse, tenho certeza de que o número, tal qual a voz, seria indecifrável. Ainda assim, mesmo que em uma situação hipotética eu tivesse o número de Deus, Ele havia dito que as ligações só eram feitas de lá para cá.

– Alô – atendi.

– Sente-se melhor após beber as cervejas, Rumer?

– Sim – respondi, gaguejando e ficando sem graça. Ele realmente sabia de tudo. – Acho que sim.

– Ótimo.

Sua voz não era masculina ou feminina. Era estranha. Boa. Diferente. Suave. Posso gastar todos os adjetivos que conhecer aqui e, mesmo assim, não conseguirei transmitir o que a sonoridade de sua voz transmitia. É inexplicável, entende? Aliás, você entende muito bem, não é, Will?

Parecia uma voz diferente de todas que já ouvi. Eu tinha certeza de que jamais esqueceria aquela voz, mesmo se quisesse (e eu não quero).

Talvez eu pudesse dizer que, de alguma forma, a voz Dele se assemelhava a uma canção. Ou, até melhor dizendo, ao vento. Era como se as palavras se dissipassem no ar. Ele, porém, era sempre forte, seguro e determinado quando falava, e espantosamente alegre e divertido.

A melhor descrição que posso dar é que tinha a sensação de estar conversando com a melodia de uma rajada de vento forte e reconfortante, que traz consigo uma brisa de felicidade, ao mesmo tempo que faz refletir.

– Obrigado por retornar a ligação – disse com sinceridade.

– De nada, Rumer.

– Estou tendo uma noite difícil.

– Como a anterior, a outra, e a que veio antes... Eu sei, por isso estou telefonando.

– Tudo está além do difícil, desde que a perdi.

– Você se lembra do dia em que se conheceram?

– Claro – respondi. Achei um absurdo que Ele perguntasse isso. É o tipo de coisa de que não se esquece jamais.

– Mesmo assim, acho prudente conversarmos sobre aquele dia – Deus disse com determinação. – Não apenas sobre aquele dia na verdade, mas a começar por ele. Você precisa prestar atenção a certos detalhes de sua vida, se quiser construir algum futuro. Você não pode continuar preso nesse apartamento.

– Está certo, você tem razão – disse, achando estranho dizer isso, já que Deus deve ter sempre razão. E, de fato, Ele tinha. Sua proposta me parecia adequada.

Como Ele não disse mais nada, entendi que fosse minha vez de continuar a falar:

– Eu a conheci em um fim de tarde, há quatro anos.

– Onde estavam e o que estavam fazendo?

– Bem, nós não estávamos juntos, claro, já que aquela foi a primeira vez em que nos vimos.

– Isto não está dando certo – Ele disse (e essa foi a frase mais estranha até o momento).

– Por que acha isso, Deus?

– Você não está revivendo o momento, não está entrando nele. Assim, vai se lembrar apenas do que sua mente quiser. Precisamos que se lembre de tudo, de cada mínimo detalhe, e tenha uma chance de ver as coisas por uma perspectiva nova.

– E como faremos isso?

Ele ficou em silêncio por alguns instantes, mas eu sabia que estava lá, do outro lado da linha. Eu sentia sua presença, não estava mais sozinho.

– Já sei! – Deus disse.

– Você vai permitir que eu volte no tempo? Por favor, permita que eu volte no tempo! Prometo fazer tudo diferente e...

– Isso não é possível. Eu não bagunço a ordem que eu mesmo criei. Imagine a confusão!

Provavelmente, Ele estava certo de novo. Continuou:

– Você nunca usa o transporte público da sua cidade, não é?

– Transporte público?

– Sim, o metrô. Estou falando do metrô.

De todas as coisas que eu poderia esperar ouvir de Deus, essa não era uma delas.

– Não. Não uso – respondi.

– Bem, é hora de mudar isso – Ele ficou em silêncio alguns segundos e, então, disse por fim: – Vamos caminhar juntos. Vá até a estação mais próxima, ligarei no seu celular quando você estiver lá.

– Não tenho celular – disse, mas Ele já havia desligado o telefone.

Tive, então, uma forte vontade de caminhar e ir até o metrô.

Tentei não incomodar Pip, que continuava a dormir entre as almofadas, e andei a passos leves pelo cômodo.

Examinei a noite estrelada e observei os poucos carros que coloriam as avenidas com seus faróis. Era um dia quente e bonito, assim como quando a conheci.

Tudo estava ficando mais claro, vivo dentro de mim, eu estava embarcando em uma jornada da minha própria vida. Assim como você, Will. É por isso que estou aqui hoje. Eu sentia que continuava a ouvir a respiração de Deus, como senti ao telefone, do outro lado da linha. Ele continuava comigo.

Nunca fui religioso e, apesar da estranheza de tudo que estava acontecendo naquela noite, resolvi encarar como se fosse a ligação de um amigo. Eu não teria medos ou receios. Já não tinha nada a perder.

As luzes da cidade eram lindas de se ver àquela hora. A noite estava agradável, e a calma da madrugada preencheu meus pulmões. Senti uma imensa sensação de liberdade, que ainda não conhecia, e vi todos os meus receios desvanecerem. Tudo saiu, escorreu de mim, perdeu-se na noite.

Eu quis agir daquela forma também. Não sabia ainda os motivos, mas sabia o que tinha de fazer. Cheguei ao metrô e, inusitadamente, uma portinha lateral estava aberta, o que era absolutamente incomum durante a madrugada.

Como você deve imaginar, entrei e não encontrei ninguém ali. Mas, após cinco minutos de espera, um metrô vazio chegou, parou bem à minha frente e abriu as portas.

Um celular, que eu pensava não ter, tocou no meu bolso.

– Entre no vagão, Rumer – disse a voz do outro lado da linha.

Will ouvira com atenção a narrativa de Rumer.

Contudo, o homem parecia apressado. Não parara de falar desde que entrara no vagão.

– Respire um pouco, Rumer. Você está sem fôlego. Entrou aqui correndo, emendou uma palavra na outra. Tem certeza de que está bem?

– Estou com pressa.

– Pressa?

– Sim, tenho muitos vagões a percorrer, não posso perder tempo.

– Entendo – disse Will, referindo-se não apenas à pressa de Rumer. Will bem sabia o que tudo aquilo significava. Fazer uma jornada no interior da própria vida. Ver as coisas de outro ângulo, encontrar pessoas e personagens que têm respostas que você próprio não tem. Falar ao telefone. Nunca se sentindo sozinho.

De certa forma, ele também tinha pressa de chegar à estação final e juntar todas as peças, ter todas as respostas para as maiores dores que já sentiu. Saber o que viria depois.

Por outro lado, Will também compreendera o motivo de Rumer ter tido sua jornada cruzada com a dele. Quando se vê algo de fora, tem-se uma melhor visão de tudo. Como um quadro. Se a gente olha bem de perto, com o rosto quase grudado na moldura, iremos ver apenas uma parte dele, o restante todo estará embaçado nos cantos de nossa visão. Contudo, se dermos um passo para trás, iremos contemplar a figura toda, analisá-la, apreciá-la, ver seus defeitos e seus pontos fortes.

E era isso que Will estava fazendo agora, ao contemplar a narrativa de Rumer. Ele estava dando um passo para trás. Contemplando tudo com maior abrangência.

Sol não brinca em serviço.

Ao enviar Rumer para aquele vagão de metrô, depois das visitas de Mina e da jovem Daiana que ele criara, agora enviara um espelho. Alguém com uma situação muito parecida à sua. Alguém que vivia a mesma perda, enfrentava a mesma batalha.

Dividir a dor com alguém, analisá-la juntos, é sempre uma das melhores formas de lidar com ela.

Quando Will contou a Rumer sua própria história, sobre vinhos, flores e tempestades, ambos ficaram em silêncio, compreendendo e aceitando mais uma etapa crucial daquela jornada sobre trilhos.

Eles davam nomes diferentes à voz ao telefone. Vinham de lugares diferentes, encaravam a dor de formas diferentes. Um fugira, o outro, enclausurara-se. Contudo, a essência de suas feridas era a mesma, e apenas isso importava agora.

Como ambos previram, após terem encerrado a conversa, o metrô chegou a uma nova estação.

Rumer sabia que precisava descer e mudar de rumo. Will, por sua vez, tinha de seguir em frente.

– Obrigado por ter vindo – ele disse ao homem, parecido com ele, que agora saía do metrô.

– Espero que, ao final desta jornada, você encontre as respostas de que precisa.

Will assentiu, desejando-lhe o mesmo.

Naquele momento, quando Rumer já estava do lado de fora do vagão e as portas se fechavam, para que Will seguisse viagem só, ele notou que o celular de Rumer tocara e ele agora falava ao telefone.

Sabia quem estava ligando.

Sentiu-se mal pelo fato de o próprio celular não ter tocado também.

Por que Sol não voltara a telefonar ainda?

9.
A princesa e o padre

Os camponeses que ainda tinham algum tipo de trabalho, capaz de ser executado em um solo tão condenado, saíram de seus casebres.

Muito tempo se passou.

Will ficou sozinho naquele vagão frio e apressado, contemplando a solidão e o silêncio, por um tempo que não saberia dizer. O metrô parou em várias estações, mas todas estavam completamente vazias. Ninguém entrou no vagão. Não houve um novo visitante sequer. O celular não voltou a tocar. Will começou a desesperar-se. Será que ainda estava indo para algum lugar? Ou será que, mais uma vez, estava indo para lugar algum?

Pensava nas visitas que já tivera naquela noite. Alguém mais tinha de vir. Ele sentia isso. Ainda precisava de mais algumas peças de sua história. Mas quem seria a próxima pessoa a entrar no vagão e acompanhá-lo por um trecho da jornada?

Aparentemente, ninguém, já que ele se via na mais completa solidão havia tempos, desde a partida de Rumer. Andou de um lado para outro, sentou-se, deitou-se, enfureceu-se. Nada mudava.

Até o momento em que, no meio de sua espera, aparentemente infinita, uma rajada forte de vento entrou pelo vagão, quando ele parou em mais uma estação vazia, e alguém, que Will não vira chegar, estava, de repente, sentado ao seu lado, sorrindo para ele.

Era alguém muito especial, que ele conhecia muito bem.

– Princesa Janine – disse, contemplando os cabelos maravilhosos e atípicos e a coroa na cabeça.

– Olá, Will.

– Sol caprichou dessa vez. Agora entendo a demora.

– A demora se deu – a princesa explicou com a voz suave –, pois você tinha que chegar muito longe para que nos encontrássemos. Eu venho de lugares bem distantes em sua vida e em sua memória, concorda?

– Concordo. Você é a protagonista do meu livro favorito. Todo escritor (mesmo os amadores, como eu) tem um livro favorito. Eu cresci lendo sua história. Mas, por mais maravilhosa que ela seja, não entendo como pode me trazer respostas agora. Como posso ter respostas com a personagem de um livro que eu lia na juventude?

– Sol não ligou dizendo que eu vinha?

– Não – disse, desapontado.

– Bem, também não sei ao certo o que isso significa. Vamos descobrir juntos, então?

– Sim. Mas você não precisa contar sua história para mim, eu a conheço bem.

– Ótimo. Mesmo assim, precisamos investigá-la, para chegarmos ao propósito de estarmos juntos neste momento, indo para algum lugar, ainda mais distante.

– Entendi. Pode deixar, Princesa Janine, eu mesmo irei contar sua narrativa, assim, ambos podemos ter uma visão do quadro todo.

O sol sangrava por entre as frestas da janela que ela tristemente observava, e a neve, lá fora, chorava sobre todo o reino, recobrindo-o de prantos frios e sem vida.

Lágrimas tão sólidas e pesadas, feito a dor, castigavam os domínios que outrora esbanjaram prosperidade ao longo dos anos em que ela crescera. Agora, tudo era diferente.

Aquele estava sendo um longo inverno.

A última nevasca fora capaz de dizimar um vilarejo ao norte, levando vidas e aprisionando almas. Homens, mulheres, crianças, animais. Nada sobrevivia ao frio que assolava o reino naquele ano. Plantações e criações, que representavam o suor e o trabalho de gerações, haviam se perdido e, agora, aqueles que sobreviviam à temperatura mais baixa do século não conseguiam sobreviver à fome.

A tristeza habitava cada par de olhos, e a desesperança aproveitava-se de cada arfar pesaroso para aumentar a desgraça daquelas terras moribundas e desprovidas de sorte. Os camponeses vagavam sobre a terra, feito assombrações, com aspectos cadavéricos e um sofrimento que vazava de cada célula de seus corpos semimortos.

Os domínios do rei Idílio beiravam a destruição. Contudo, o monarca parecia não se impressionar. Dentro da fortaleza do castelo onde vivia agora com as três filhas, a comida ainda era abundante, e a lenha, feita a partir da madeira de terras longínquas e prósperas, trazida por viajantes corajosos, garantia brasas acolhedoras a ele e sua família.

Ordenara que os muros e portões do castelo fossem fechados à desgraça. E assim se sucedera. O sangue real estava protegido. Dentro do peito do soberano, entretanto, o frio era como aquele que devastava seu reino. Impiedoso e destemido.

Nenhum par de olhos desesperançados que chegara ao seu palácio, implorando por abrigo ou comida, fora suficiente para derretê-lo.

Os acontecimentos das últimas semanas só fizeram piorar a ira de Idílio, após a morte da única pessoa que ainda trazia um pouco de fogo ao seu peito, que agora remanescia um poço de cinzas pálidas e inertes. Gelo.

Janine pensava em tudo aquilo. Sempre fazia isto: pensar na vida e na triste sorte que a recebera de braços abertos. Os acontecimentos recentes haviam mudado o curso da história. Conforme permitia que sua mente viajasse de encontro às cenas torturantes que nela haviam sido gravadas, sentiu um arrepio percorrer-lhe todo o corpo. De frio e pavor. E medo.

Este vinha por dois motivos, sem que, ao menos, tivesse sido convidado. Primeiramente, o medo chegava e debochava do fato de que justamente tudo o que ela mais temera havia acontecido. Mas, também, ele ali se encontrava pelo que estava prestes a acontecer.

O silêncio pesaroso de seu aposento era entremeado às preguiçosas espreguiçadas de Merlin, seu gato egípcio, que continuava com sua vida pacata, como se nada houvesse acontecido, e ao compasso desordenado de seu próprio coração.

Com desânimo, lançou um último olhar através da janela, vislumbrando as terras cobertas de neve e desgraça.

Tudo tingido. Tudo morto. Nem parecia o reino no qual havia crescido. Tampouco era o reino com que sonhara um dia comandar. Aquele dia chegara.

Em decorrência dos terríveis acontecimentos recentes, ela era agora a sucessora legítima ao trono. Seria a princesa daquela gente, daquelas terras.

Nem em seu mais terrível pesadelo sonhou que seria daquela forma.

Afastou-se da janela lentamente, sentindo o peso da tristeza sobre os ombros. Seu quarto era quente e confortável. A lenha na lareira queimava, trazendo ódio ao seu peito, por pertencer àquele mundo. Sentou-se pesarosa em uma cadeira frente ao imenso espelho, que lhe permitia ver a extensão completa de si mesma. Fitou-se por um instante. Sempre tivera feições tristes. Era como se algo sempre estivesse faltando para que seus sorrisos pudessem ser verdadeiros. Talvez nem mesmo nos tempos mais prósperos houvessem sido.

Nunca dissera a ninguém, mas, várias vezes, havia sonhado em ser uma camponesa. Talvez por apenas alguns meses ou algumas semanas.

Poder andar livremente pela floresta, dançar em suas rodas animadas ao redor do fogo, trabalhar nas plantações. Que ironia ser agora a princesa daquele povo tristemente comandado pelo pai.

Sua figura esguia no espelho lhe mostrava que a tristeza que habitava seu olhar só aumentara nas últimas semanas. Embora estivesse na casa dos 20 anos, ela parecia ter envelhecido, e carregava agora as tristes feições de uma mulher sofrida.

Lembranças dançavam dentro de seus olhos, como pôde constatar.

A carruagem. A ladeira. Os gritos. Os túmulos.

Não podia dar espaço às lembranças novamente, não naquele instante. Precisava sorrir para o povo que iria coroá-la.

Limitou-se novamente a contemplar o espelho. Pele levemente morena, lábios carnudos e róseos, olhos amendoados, traços perfeitos.

Apesar da beleza, cada uma daquelas expressões carregava um sofrimento sem fim.

Com exceção dos cabelos.

Vivos e serpenteantes como sempre.

Seus longos fios, que iam até o calcanhar, eram motivo de inveja da realeza dos outros reinos. Vizinhos ou distantes. Qualquer jovem que conhecera os cabelos de Janine, a filha de Idílio, mesmo que apenas por meio de boatos, invejava-os e seria capaz de trocá-los pela própria vida, ou mesmo de vender a alma para possuí-los.

Negros como a mais terrível sombra que se arrasta na noite escura. Assim eram até a exata metade de sua extensão. Quando os fios atingiam a altura da cintura de Janine, tornavam-se vermelhos, caindo feito sangue até os pés.

Sempre fora assim, feito um espetáculo de trevas e sangue que recobria seu corpo e deslizava até seus pés. Negros e vermelhos, fios invejados e desejados, das cores do crime e das paixões, ou, resumindo, das cores do pecado.

Naquele inverno rigoroso, ela tinha o hábito de enrolar-se neles e ficar, assim, aconchegada no próprio calor. Sentia-se protegida de qualquer mal.

Ela, então, penteou-os, enquanto contemplava a si mesma na imagem refletida pelo espelho. Sua longa veste prata havia sido encomendada especialmente para aquela ocasião. Às pressas, Idílio providenciara o tecido refinado que um viajante trouxera em sua carroça, feito por tecelãs de terras sem nome.

A emergência da ocasião exigira um grande esforço da parte de todos, mas as ordens do rei haviam sido atendidas. Sua filha mais velha usava trajes de uma verdadeira princesa.

O vestido era maravilhoso. Resplandecia, fazendo com que a pele brilhasse ao toque. Evidenciava cada curva da silhueta perfeita de Janine, e abria-se em um decote comportado sobre seus seios.

Ela seria, sim, perfeita, não fosse o pesar de seus olhos e de seus falsos sorrisos.

Alguém se aproximou por trás.

Pelo espelho, ela apenas viu as mãos, na altura de sua cabeça, carregando a coroa incrustada de ouro e pedras, capaz de matar a fome de seu povo.

Quando o metal frio lhe tocou a cabeça, ela fechou os olhos por um instante, sentindo o peso da coroa que agora carregaria até a morte.

Um instante depois, tornou a abri-los com má vontade, e pôde ver que algo quente escorria sobre sua têmpora lisa.

Sangue.

Da exata cor da metade inferior dos longos fios de seus cabelos. Filetes vermelhos, cuja vivacidade lembravam a morte e a dor, escorriam a partir da coroa recém-colocada e cobriam sua face. A pele e o vestido foram tingidos, enquanto o sangue não parava de jorrar. Ela não se assustou, porém. Aquilo parecia adequado à ocasião pavorosa. O sangue a coroava da forma que deveria ser. Da forma que ela *sentia* que estava sendo.

Em um rápido, mas profundo, suspiro, Janine despertou.

Seu peito batia acelerado, fazendo com que sentisse o peso do coração contra as costelas, e o ritmo da respiração ofegante a assustava, como se tivesse acabado de sair de uma perseguição. Olhou ao redor.

Cidadãos de todo o reino a contemplavam no imenso salão de cerimônias do palácio de sua família.

Idílio discursava perante todos sobre as maravilhas que sentia ao celebrar a cerimônia de coroação de sua filha mais velha, Janine, a princesa.

Ele andava de um lado para outro, despejando palavras vãs sobre todos os pobres coitados que ali se dignaram a comparecer. E também sobre seus convidados, nem tão coitados assim.

Era isso, pensou ela. *Por isso caí no sono.*

Palavras vazias, frias feito a neve. Vermelhas feito o sangue.

Por sorte, o rei estava tão ocupado com aquele monólogo extenso que não percebera que a filha, alvo de toda a celebração, cochilara por rápidos instantes.

Para a tristeza de Janine, seu sonho havia sido real.

O pesar, a desgraça, o frio, o reino devastado. A cerimônia, o palácio, as vestes pratas vindas de longe. Aquilo tudo era um pesadelo real, que a acompanhava em todos os momentos, de olhos abertos ou mesmo fechados.

Olhou para a primeira fileira, Zaya e Rachelle a fitavam. Ela não sabia interpretar os sentimentos por trás de seus olhares. No fundo do palácio estava Abigail, encostada a uma pilastra. Se não estivesse tão longe, Janine poderia afirmar que ela estava derramando algumas lágrimas. Contudo, jamais saberia se seriam de alegria ou tristeza.

Ela notou outros rostos conhecidos na multidão, por entre os muitos que desconhecia, rostos que não desejava rever, mas que, contudo, ali se encontravam a sorrir. Sorrisos estes que transbordavam infinitos sentimentos indesejados. Ela enrubesceu ao pensar que, talvez, algum deles a tivesse visto cochilar. Não importava. Na realidade, *nada* daquilo importava.

O discurso do rei acabou, sem que ela fosse capaz de repetir uma única palavra que o pai havia dito. Seguindo com a cerimônia, um cavaleiro real aproximou-se por trás, conforme Idílio apontou, com a coroa nas mãos, na exata altura da cabeça de Janine, estando ela sentada em uma poltrona dourada e majestosa frente a todos os presentes. Centenas de pares de olhos voltaram-se para ela quando a coroa lhe tocou a pele pálida.

Era um objeto maravilhoso. Dourado, incrustado de pedras preciosas. Seria capaz, sim, de acabar com a fome de todo o seu reino. Sentindo o peso da coroa, Janine instintivamente levou as mãos à têmpora. Não havia sangue. Pelo menos não de forma aparente. Por dentro, contudo, ela sangrava.

Levantou-se mediante àquela calorosa chuva de aplausos que ecoava por todo o salão. Seus olhos cruzaram rapidamente com os do pai. Ela podia jurar que vira o olhar de Idílio estreitar-se de raiva por um instante. Uma raiva furiosa, que ele silenciava, escondendo do mundo. Mas não era capaz de escondê-la de Janine.

Em pé, fitando todos aqueles que agora eram seus súditos, ela fez uma reverência, mostrando a coroa ao mundo que a aplaudia e saudava, gritando:

Vida longa à princesa.

Repetidas e entusiasmadas vezes. Janine não podia dizer se aquele era também o seu desejo.

Desta vez, Idílio não podia ignorar a presença da neve. Ela continuava a interromper a passagem das rodas da carruagem e a atrasar o cortejo real.

Do lado de dentro da condução, ele e as duas filhas mais jovens acenavam para o público. Do lado de fora, sobre um pedestal especialmente construído para aquele tipo de ocasião, Janine jazia em pé, acenando para o povo, coberta com uma grossa manta real e envolta pelos próprios cabelos, tentando esconder-se do frio.

A princesa sorria, como havia sido treinada para fazer, e recebia gritos e aplausos de alegria e esperança. Não se sentia digna daquilo.

Não sabia se um dia poderia corresponder às expectativas daquela gente. Pelo menos não enquanto a tristeza ainda lhe pesasse tanto sobre os ombros, incapacitando-a de lutar por qualquer coisa. Ainda mais por um reino todo.

Cumprindo a tarefa exigida pelo pai, ela continuou com sua encenação, sem, contudo, deixar de notar a triste realidade das terras que tanto amava.

Ali embaixo, junto ao povo, sentia que a situação era ainda mais desesperadora que o quadro que via do alto das janelas do palácio. O povo estava morrendo. Não havia plantações ou criações. Casebres haviam sucumbido à fúria dos ventos e vidas haviam sucumbido ao desastre.

Cada família que a saudava pelas ruelas cobertas de neve, agora em menor número, era como um verdadeiro monumento à dor construído sobre a terra para homenageá-la. Dentre tantos rostos sofridos, ela distinguiu o do velho artesão.

Conhecia aquele senhor desde que era muito pequena, das vezes em que sua mãe permitia que ela brincasse fora dos domínios do castelo por breves, mas valiosos, instantes, ou das vezes em que descia ao vilarejo por qualquer outro motivo. O artesão sempre estivera à espreita.

Era como se ele sempre tivesse existido e, o mais curioso, nunca mudasse de aparência. Ele era bem velhinho, tinha cabelos rasos e brancos feito a neve do chão, a pele enrugada e o corpo franzino e encurvado. A passos lentos, parecia conseguir chegar a qualquer lugar, sempre a fitar Janine.

Ela pensou brevemente que, talvez, ele já fosse muito velho para envelhecer ainda mais. Contudo, mais de duas décadas era um tempo longo para que se continuasse exatamente do mesmo jeito.

Talvez ele seja um feiticeiro, pensou. Mas, se fosse, por que nunca revelara nada a ninguém? Talvez, então, um fantasma, quem sabe?

Idílio, diferentemente de outros reis, costumava tolerar a magia em seus domínios, desde que ela não atrapalhasse seus planos controladores. Janine sempre pensou que o pai tivesse medo de feitiçaria por algum motivo que jamais revelara e, dessa forma, era incapaz de bani-la de vez do reino, tendo sido obrigado a conviver com sua presença.

A carruagem continuou seu trajeto, conforme a neve permitia, e o artesão perdeu-se em meio ao povo. Janine ficou triste por não poder continuar a fitar o velho homem. De alguma forma, sua presença silenciosa sempre lhe trouxera paz. Era como se ele fosse um velho amigo.

Ele e Janine nunca haviam trocado uma palavra, mas ela sabia que seu nome era Thomas e que ele vendia qualquer coisa que fabricava por uma moedinha. Aliás, ele esculpia peças belíssimas, com o pouco material que encontrava na floresta, usando apenas uma das mãos, já que a outra era agora apenas um cotoco, em decorrência da tortura que sofrera, conforme diziam os comentários do povo.

Mais pares de olhos e mais vidas a saudaram. Mais mortes, também. Tudo ali cheirava a morte após a terrível nevasca, à qual ela assistira do alto de sua janela.

Exceto pelo vinhedo. Aquela porção de terra, larga e próspera, continuava cheia de vida, independentemente da fúria da natureza que a abatia.

Todos sabiam que aquele vinhedo havia sido um presente de Kamara, a alta sacerdotisa do reino, ou simplesmente feiticeira, e, portanto, os segredos que o mantinham sempre produtivo eram celestiais.

Janine olhou para o cume da montanha mais alta que circundava o reino. Ali vivia Kamara, sempre a observar os pobres coitados que habitavam aquele solo.

O vinhedo, de propriedade exclusiva do rei e suas filhas, era motivo de ira dos súditos que, morrendo de fome, não tinham acesso às suas frutas deliciosas. O rei ordenara que tudo que fosse extraído daquela plantação se destinasse à sua família e às demais famílias reais dos reinos vizinhos.

As parreiras ficavam na lateral do castelo e, embora tudo estivesse coberto por neve e tristeza, dentro das cercas que as protegiam havia prosperidade, cor, alimento.

O mesmo não podia se dizer do lago, que ficava na lateral oposta ao vinhedo, nos fundos do palácio. Era difícil enxergá-lo com exatidão, em virtude do imenso volume de árvores e vegetações à sua margem. Tudo agora branco.

Quando o cortejo contornou sua extremidade, a princesa observou as águas congeladas e imóveis. Em épocas mais felizes, ela costumava banhar-se naquele local com as irmãs, e a mãe a observá-las. Dias que jamais retornariam.

O que terá acontecido à dama que habita as profundezas dessas águas, agora que tudo virou gelo? Janine pensou por um momento, lembrando-se da antiga lenda e do mistério que lá jazia submerso. Ela aprendera que todas as lendas e mitos eram reais, embora nunca tivesse visto a Dama do Lago.

Seus pensamentos foram interrompidos quando, após ter percorrido uma grande porção de terra, finalizando nas adjacências do castelo, onde ficavam o vinhedo e o lago, o cortejo real estava de volta aos portões reais.

Ali, dentro dos muros do lar de Janine, um novo e simples cortejo a esperava.

Os convidados de Idílio, vindos de reinos amigos, aguardavam-nos para o jantar comemorativo.

Assim que desceu da carruagem, Janine foi ovacionada por todos, limitando-se a mais um breve sorriso incomodado.

– Parabéns, princesa. – Aquelas palavras chegaram feito um sussurro aos seus ouvidos. A voz era tão bem conhecida quanto desprezível. – Você mereceu que este dia chegasse. E sinto muito que *elas* não estejam aqui para vê-la.

Virando-se, Janine percebeu que a face de Nick estava a centímetros da sua.

Ela o abominava desde o dia em que, havia alguns anos, ele lhe fizera uma proposta indecente.

Sabia bem o que o grande príncipe Nicholas, amado por seu povo, desejava. Poder e mais poder. Apenas isso.

Não podia acreditar que, quando eram pequenos, ela mantinha uma paixão nem tão secreta por ele.

Ainda bem que sua mãe, a amada rainha Roxanne, havia atendido à sua súplica desesperada, quando Idílio desejava casá-la com Nick.

Não podia reclamar. Ter de suportar sua presença em um jantar era melhor do que tê-lo de aguentar a vida toda. Devia isso à mãe.

Esse pensamento tornava ainda mais insuportável ver o príncipe se referindo a ela como se realmente sentisse pelo que acontecera, em um insulto doloroso à sua memória.

– Obrigada – disse Janine com desdém, afastando-se dele o mais rápido que pôde.

Buscou refúgio entre Zaya e Abigail.

–Vocês precisam me ajudar a sobreviver a este jantar – disse para as duas.

– Eu não acho que você tenha escolha – Zaya balbuciou, sorrindo falsamente para os que as contemplavam.

A menina, pequena e doce, fitou a irmã mais velha com carinho. A ligação entre elas era imensa, assim como o amor fraterno que compartilhavam.

– Pequena Zaya – disse a princesa, lutando ainda para equilibrar o peso da coroa sobre a cabeça –, sempre com sábias palavras.

Quando Abigail afastou-se, atendendo ao chamado de sua superior, a serviçal responsável por designar tarefas às demais, as irmãs ficaram alguns poucos instantes a sós.

Percebendo a oportunidade, que ainda não havia tido desde a cerimônia, a mais nova falou:

– Eu os vi outra vez... os anjos. Eles espiavam pelas janelas no instante em que a coroa repousou sobre sua têmpora.

Sempre fascinada com o dom especial que a irmã tinha, de ver tudo aquilo que existia, mas que não era visível a todos os olhos, Janine respondeu carinhosamente:

– Deve ter sido uma linda cena.

– E foi. Os anjos estavam em festa por sua coroação. Mas não pense que os *outros* não pretendem se aproveitar da situação...

– Outros?

– Claro. Eles estão sempre em guerra contra os anjos. Os guerreiros já mortos, os bruxos e camponeses que partiram desta vida com ódio. Eu já lhe falei sobre eles, os *demônios*.

Zaya, de fato, estava tendo cada vez mais visões e conversas com os seres invisíveis que povoavam aquelas terras, mas Janine tivera esperança de que ela não voltasse a falar dos demônios. O próprio termo trazia calafrios ao seu corpo esguio.

Percebendo o pavor na face da irmã, a pequena emendou rapidamente:

– A culpa não é minha. Quando há algo que lhes interessa, eles vêm à superfície. Já os anjos descem dos céus.

Aquela crença era partilhada por todos os habitantes do reino, mesmo – e, talvez, principalmente – por aqueles que não tinham *olhos para ver*.

Zaya era uma das poucas com os sentidos capazes de atravessar as barreiras do universo. Sempre fora assim.

Desde pequena, antes mesmo de falar, ela era agraciada com a visita dos anjos e atormentada pela presença de demônios, que muitas vezes a visitavam no quarto, impedindo-a de dormir.

Agora, com 10 anos, uma década de vida, mas também uma década de experiência com o sobrenatural, ela já se acostumara com tais visitas e aprendera a interpretar melhor os sonhos e avisos, embora, às vezes, ainda pudesse ser contaminada pelo medo e pelas dúvidas.

Janine também aprendera a ouvi-la com atenção, todas as vezes em que ela precisava relatar alguma aparição ou sonho. O próprio rei tinha a filha caçula em grande estima, e suas premonições já haviam sido ouvidas nas reuniões do conselho.

Fitando-a agora, nos últimos segundos a sós que lhes foram presenteados, a princesa admirou sua coragem. Muitos haviam sucumbido à tamanha provação. Mas não Zaya. Ela era forte como uma guerreira, travando uma luta pessoal diária para continuar a aceitar seu dom e a usá-lo da melhor maneira possível.

Era também uma linda criança. Tinha longos cabelos louros, encaracolados até a cintura, feito flores celestes recobertas por uma aura de luz. Sempre vaidosa quanto às vestes que usava, e mimada pelo rei, trajava belos vestidos. Por ser pequena para sua idade, muitas vezes as vestes, que vinham de terras longínquas, encomendadas especialmente por Idílio, eram demasiadamente compridas. Por esse motivo, ela mantinha sempre as pequenas e brancas mãos a segurar as saias, levantando-as para que não tropeçasse ao caminhar.

Seus pequeninos olhos azuis guardavam segredos que os anjos a fizeram jurar proteger. E uma experiência vasta para alguém que vivera apenas uma década.

A atenção que Janine lhe dispensava foi interrompida quando Apogeu, o anão conselheiro especial do rei, as conduziu ao salão de jantar, para que se iniciasse mais uma daquelas ocasiões que Janine tanto detestava.

Ainda mais agora, que ela era o centro das atenções.

Janine não acreditou quando finalmente deixou-se cair exausta sobre a cama.

Merlin aninhou-se contra seu corpo, soltando um longo ronronado.

– Que sorte a sua. Deitado em nossa cama quente e confortável o dia inteiro, escondido do mundo, enquanto eu ouvia discursos infundados e elogios vazios a noite toda.

Acariciando a pele rósea do felino, que não possuía pelo algum, já que ele era um legítimo gato egípcio, a princesa soltou um longo suspiro.

Merlin era um companheiro fiel.

Ela o ganhara da mãe quando completara 16 anos. A princípio, assustara-se com sua excêntrica aparência. Sem pelos, com a pele totalmente exposta e levemente enrugada, de olhos verdes estreitos, que a fitavam em desafio.

Com o tempo, Merlin tornou-se seu companheiro e amigo. O único que sabia de todas as suas apreensões, cada vez mais profundas.

No fundo do olhar do gato, ela jurava que jaziam silenciosas algumas lembranças da mãe, Roxanne. Janine lembrava-se do entusiasmo da rainha quando o viajante trouxera o presente que ela encomendara para o décimo sexto aniversário da filha.

– Minha bela filha – a mãe lhe dissera –, o tempo foi generoso e lhe trouxe graça, sabedoria e beleza. Quando eu era também jovem e via a vida como uma rosa a desabrochar frente aos meus olhos, vivendo em terras longínquas muito antes de conhecer seu pai, ganhei um felino igual a este. Ele foi meu companheiro por muitos anos e trouxe tantos bons momentos à minha vida que resolvi presenteá-la com um. Espero que goste.

Janine lembrava-se da força do abraço que deu na mãe naquela ocasião.

Anos haviam se passado, mas era como se aquele abraço, quente e sincero, estivesse marcado em seu corpo, como brasa.

Um pouco embriagada pelo bom vinho do jantar, quase pôde ouvir a voz da mãe ao seu lado. Aquela voz doce e sussurrante. O tilintar das taças daquela noite, porém, ainda permanecia vivo em seus ouvidos. Todos brindaram sua coroação inúmeras vezes. Não havia como não citar a rainha Roxanne durante toda a ocasião.

Era tudo ainda muito recente.

– E sua mãe? – indagara Allistar, soberano de um reino vizinho, *amigo* de Idílio, que jamais perderia aquela cerimônia, assim como jamais perderia a chance de causar certo desconforto na mesma.

Já sem paciência, e controlada pelos goles excessivos, Janine respondeu:

– Continua morta.

Fez-se um silêncio absoluto ao som daquelas palavras, que percorreu toda a extensão da mesa e atingiu Janine, feito um golpe dilacerador contra o peito.

Allistar pigarreou, ainda procurando por palavras em resposta.

Idílio tomou-lhe a vez e, fitando a filha com as expressões raivosas de sempre, controlou-se perante os convidados, dizendo:

– Sim, *princesa*, estamos todos cientes da terrível tragédia. Creio que meu bom amigo, Allistar, referia-se ao sentimento de júbilo que sua mãe teria ao vê-la coroada.

Com raiva, lembrando-se das cenas vividas havia pouco, Janine contorcia-se na cama de dossel.

Merlin reclamou de sua agitação, que claramente impedia-o de continuar a dormir.

Como se as indiretas de Allistar e os olhares penetrantes do pai não fossem o suficiente, Janine tivera de aguentar muito mais naquele jantar, que deveria ter sido um momento tão especial ao seu coração.

Os monarcas dos treze reinos haviam trazido seus familiares, mas, sua querida amiga, Fryda, princesa do reino mais distante, ao norte, não pudera comparecer. Uma carta chegara naquela manhã, trazida por um belo pombo, na qual Fryda pedia desculpas à amiga, que não via havia anos, prestava suas condolências a suas recentes perdas e lhe parabenizava pela coroação; por compromissos no próprio reino, porém, não conseguiria realizar a longa viagem a tempo de assistir à cerimônia. Infelizmente, o mesmo não acontecera com Nick. O prepotente filho de Allistar, que carregava a coroa de príncipe do reino vizinho, estivera bem presente na cerimônia, tendo chegado com horas de antecedência. O príncipe, um dia, habitara os sonhos de Janine. Mas essa mera lembrança trazia cólicas ao seu estômago. Ela agora se odiava por ter sido tão tola, mesmo que fosse muito jovem na ocasião, e que já tivesse reparado tal equívoco ao recusar-se a casar com ele.

Decerto, Nicholas pensava – e dizia a todos – que a princesa ainda cultivava sentimentos por ele, tamanho era seu ego, que o impedia de ver a possibilidade de ser rejeitado por uma mulher. Ele a fitara ardentemente durante todo o jantar, lançando-lhe piscadelas quando julgava não estar sendo observado.

– Que pesadelo! – Janine repetia pesarosa no aconchego de seu quarto, referindo-se às últimas horas de sua vida.

Na realidade, as últimas semanas haviam sido exatamente isto: um pesadelo.

Sua vida parecia agora um mar de sofrimento sem fim. A dor e a tristeza eram tão intensas, que ela agora, pela primeira vez em muitos anos, pensou em *rezar*.

Estava ciente da fé do povo e das rezas proferidas diversas vezes ao dia.

– Temos que orar três vezes seguidas antes de pegar no sono – costumava ouvir os serviçais dizerem.

Contudo, nunca fora assim com sua família. Não costumavam rezar unidos antes das refeições, ou mesmo nos momentos difíceis.

Certa vez, há alguns anos, após uma briga dos pais, Janine flagrou a mãe no quarto balbuciando algo quase inaudível, de olhos fechados. Podia jurar que a rainha estava rezando, mas jamais contou isso a alguém.

Idílio costumava ter uma boa relação com os padres que chegavam ao reino, contudo, se ele rezava, era em silêncio e em segredo, jamais falara sobre isso.

Antes que pudesse cogitar mais profundamente a ideia de rezar, Janine pegou no sono, abraçada pela leve embriaguez das taças de vinho e pelos constantes tormentos que os dias mais recentes lhe haviam proporcionado.

Merlin agitava as patinhas em um leve e despreocupado tremor. Estava sonhando.

A manhã seguinte, mais uma vez, inundou o reino de raios de sol, entremeados a uma fina neve, que insistia em garantir que o sofrimento não chegasse ao fim.

Restabelecida, após a longa noite de sono profundo, Janine respirou aliviada ao constatar o perfume das rosas que banhava seu quarto, e que estivera oculto pelo cheiro do vinho quando ela se deitou.

Na verdade, o aroma da bebida ainda estava condensado na atmosfera do aposento, mas as rosas sorriam-lhe, trazendo esperança para seu primeiro dia oficial como princesa das terras sem sorte governadas pelo pai.

O perfume maravilhoso das flores vinha de sua própria cama. Todo o seu dossel era revestido por rosas vermelhas e cor-de-rosa, inatingíveis pela natureza destrutiva do mundo exterior. Magicamente, elas estavam sempre abertas e jamais morriam. Eram rosas eternas, como Roxanne dissera certa vez.

Janine deu um salto quando Abigail abriu a pesada porta de madeira e penetrou o quarto, dizendo:

– Pensei que Vossa Alteza não fosse mais acordar. Já estive aqui três vezes.

– Por favor, Abigail, continue me chamando pelo nome, você sabe que não gosto de certas formalidades.

Fazendo uma pequena reverência, a criada dirigiu-se para o canto do aposento onde ficavam o biombo e a banheira em que Janine se lavava. A criada precisava preparar o banho matinal de sua senhora.

Após o banho, Janine saiu de seu quarto, com Merlin em seu encalço. Percorreu o largo corredor de pedra e carvalho em que ficavam os aposentos da família real e virou à direita, descendo uma das escadas em caracol que levava ao piso inferior.

Já na metade dos degraus, um som penetrou seus ouvidos e seu coração.

Zaya.

A irmã estava novamente tocando piano na biblioteca. Janine terminou de descer os degraus de mármore e mudou sua direção, indo encontrar a pequenina.

A música suave a guiava, enquanto Merlin deslizava aos seus pés, miando sorrateiro ao acompanhar a dona.

A luz do sol invadia as vidraças do castelo, iluminando os amplos e largos corredores, com guardas espalhados a cada virada, como se fossem estátuas. Aliás, algumas estátuas pertencentes a ancestrais da princesa também eram vistas por ali. As tochas na parede já haviam sido apagadas pelos serviçais, e seriam acesas novamente ao anoitecer, quando a luz do sol seria substituída pelo brilho enluarado da noite e pelo fogo que arderia pelas paredes, nas numerosas tochas espalhadas pelos corredores e aposentos reais, sempre trazendo uma luz bruxuleante e ardente.

O sol, tímido e traidor, incapaz de derreter a neve e de espantar a frieza que assolava o reino, acompanhou Janine e o gato Merlin enquanto eles viraram cada curva e adentraram cada corredor, a fim de chegar à biblioteca.

Tal aposento era um dos maiores do castelo, e havia sido construído por ordens de Idílio, como um presente de casamento à Roxanne, a bela rainha, que sempre fora amante dos livros.

Desde o triste acontecimento que assolara a família real, ninguém ousara entrar na biblioteca, e assim, relembrar os dias felizes que a rainha ali passara, seu canto preferido do castelo, e provavelmente do mundo.

Imensa fora a surpresa de Janine ao ouvir o som suave que só podia ser atribuído às melodias de Zaya ao piano, que ficava exatamente na biblioteca.

Roxanne ensinara as quatro filhas a tocarem o instrumento, mas a mais talentosa, sem dúvida, era a caçula.

Janine não sabia dizer se era por saudades extremas da mãe, por pesar pelos últimos acontecimentos, ou por simplesmente sentir falta de tocar, que Zaya, tão pequena, fora a primeira a ter coragem de reabrir a biblioteca.

Ao chegar ao longo corredor onde ficava a biblioteca, Janine assustou-se ao ver quem ali se encontrava.

Idílio.

Parado, encostado na parede fria, o rei mantinha os olhos fechados ouvindo as canções da filha mais nova.

Ele parecia em transe, completamente entregue ao seu mundo interior, à tristeza, ao luto. Janine não queria perturbá-lo, então resolveu voltar pelo mesmo caminho que viera, em silêncio.

E foi bem naquele instante, em que o rei tinha suas rígidas feições banhadas por uma humanidade sofrida, que dava pena ao olhar, que Merlin soltou um miado estridente.

Idílio abriu os olhos e desencostou-se da parede, pigarreando e recompondo-se rapidamente, enquanto parecia levemente encabulado por ter sido flagrado em um momento de tristeza.

– Está tudo bem, papai. Eu também me sinto assim – Janine disse para o homem de feições tristes que acabara de presenciar. Contudo, em uma questão de segundos, aquele homem já havia desaparecido.

Idílio caminhou até a filha, fitando-a com a raiva de sempre, com a qual ela já se acostumara, mas para a qual as explicações que tentava encontrar nunca eram o suficiente.

A longa veste do rei deslizou pela pedra até que ele estivesse a centímetros de Janine. Ela respirou profundamente, sentindo-se levemente nervosa com a aproximação do pai. Ele deveria estar bravo por sua presença naquele corredor, naquele momento. Pensando bem, talvez ele estivesse, como sempre, bravo com a presença dela em seu castelo, em sua família, em sua vida. Às vezes ela se perguntava por que o rei nunca mandara as cozinheiras envenenarem alguma de suas refeições. Então, ela sempre chegava à conclusão de que o único motivo pelo qual ainda estava viva era pelo amor da mãe, que a protegeu durante todos aqueles anos. A princesa já não poderia dizer se estava a salvo do pai, agora que a rainha se fora. Talvez o amor dela fosse suficiente para que Idílio jamais ferisse Janine. *Apenas talvez*.

Sentindo-se hipnotizada pelo olhar do pai, ela apenas relaxou ao ouvir um novo miado de Merlin, trazendo-a de volta à vida.

Idílio também se distraiu com o gato, desviando seu olhar para o animal e fazendo uma expressão de completo desgosto e desagrado ao fitá-lo.

Ele odiava o gato da filha tanto quanto a odiava.

O animal, como se estivesse ciente da situação, sempre parecia provocá-lo, roçando em suas vestes, desdenhoso.

– Tire essa criatura de perto de mim – o rei sibilou.

Janine abaixou-se e tomou Merlin em seus braços, e o gato continuou a lançar miados incisivos ao rei.

– Você soube?

A voz de Idílio era fria, e cada sílaba parecia ter sido duramente calculada. Ele dirigia-se à princesa apenas quando necessário, por isso, as palavras soaram ainda mais ofensivas.

– Do que você está falando, papai?

– Estou falando do novo padre, obviamente. Ele está chegando amanhã ao reino. Esteja preparada para recebê-lo.

– Eu não sabia que teríamos um novo padre depois que... – mas o rei já havia se distanciado, antes que Janine pudesse questionar aquela estranha e repentina situação.

Voltando a concentrar-se nas melodias de Zaya, Janine aproveitou que o pai havia desaparecido pelo castelo e abriu as pesadas portas de madeira da biblioteca. Imediatamente os ouvidos seus e de Merlin foram agraciados com o dom da pequena Zaya.

A graça do momento, contudo, não durou mais que um piscar de olhos.

O grito de Janine pôde ser ouvido em cada cômodo do imenso castelo e além dele.

Muitos pararam seus afazeres e ficaram em alerta ao ouvir o som estridente da princesa recém-coroada.

Guardas prontamente entraram na biblioteca e nada puderam fazer pela situação. Rachelle, a irmã do meio, foi a primeira da família a chegar ao local, ficando perplexa com o que seus olhos lhe contaram.

Zaya continuava a tocar o piano, como se nada estivesse acontecendo à sua volta, como se tivesse sido a única a não ouvir o grito de Janine.

A canção, aparentemente triste e melancólica, era perfeita para o local e para a situação.

Janine encontrava-se abaixada ao lado de Zaya e do piano, deslizando as mãos pelos imensos e dourados fios dos cabelos da menina que cobriam o chão.

Sobre o piano podia-se ver um facão, certamente como muitos que havia na cozinha do castelo. A cabeça de Zaya estava nua, com os fios de seu cabelo cortados o mais rente possível ao couro cabeludo, restando pequenos fragmentos desornados sobre a cabeça da garota.

Janine começou a soluçar, enquanto perguntou à menina:

– Por quê? Por que você fez isso?

Desabada sobre o tapete formado pelos belos cabelos recém-cortados de Zaya, Janine chorou ainda mais ao perceber um filete de sangue escorrer pelo pescoço da irmã mais jovem:

– Você se machucou quando fez isso?

Rachelle permanecia imóvel em meio ao salão da biblioteca repleta de estantes que iam do chão ao teto, com a maior coleção de livros já existente, todos pertencentes à saudosa rainha Roxanne. Até ela, que geralmente não se sensibilizava com os problemas – frequentes – relacionados à Zaya, estava perplexa com a situação.

Rachelle era sete anos mais velha que Zaya, sendo uma bela jovem de 17 anos, lindamente comemorados no último verão. Mesmo assim, era uma década mais jovem que a filha mais velha de todas, Iriana.

Na verdade, a filha mais velha agora era Janine, oito anos mais velha que Rachelle, já que Iriana não mais se encontrava ali. Para sempre.

Não era apenas por Janine ter direito à coroa, sendo agora a mais velha na linha de sucessão, que elas não se davam bem. Rachelle sempre fora a mais fechada das irmãs e nunca tivera tempo para sentimentalismos. Não seria agora que teria.

Instintivamente, ela deslizou as mãos pelos cabelos louros trançados, respirando aliviada que eles ainda estavam ali.

Cabelos.

Talvez os fios negros e vermelhos de Janine também lhe fossem motivo de inveja. Por que a princesa era tão diferente? Por que era tão linda?

Os pensamentos de Rachelle foram interrompidos, quando o silêncio pesou sobre o salão. Zaya parara de tocar. O silêncio não durou muito, contudo. Em instantes, a pequena menina estava entregue aos braços de Janine, soluçando alto.

Um soluço sentido e profundo, que ecoava pelo local, chegando feito uma faca cortante aos ouvidos de todos os presentes.

Guardas, serviçais, familiares. Todos fitavam a cena sem nada dizer. Janine continuava sobre os cabelos cortados ao chão, enquanto Zaya se aninhava contra seu corpo, feito um bebê.

– Eu tive que fazer, eu tive... – ela dizia com sua voz suave de criança.

– Por que, querida? Por quê? – Janine questionou, entre lágrimas. – O que aconteceu?

Zaya interrompeu o próprio choro e levantou a face. Fitando a princesa com severidade, disse:

– Os sonhos. Eu tive que fazer isso pelos sonhos, se não iria morrer.

– Como assim?

– Eles estão mais vivos desde que a mamãe e a Iriana morreram. Esta noite sonhei que meu cabelo me envolvia... dançava ao redor do meu corpo. A princípio achei divertido e dancei também. Mas logo o sonho ficou escuro, eu não conseguia enxergar nada, apenas senti quando meus próprios cabelos envolveram meu pescoço e o apertaram com tanta força que o ar se foi. Era como se já não houvesse ar no mundo, luz, vida. Eu acordei naquele instante e o ar continuava a faltar. E o mais estranho de tudo era que meus cabelos estavam realmente envolvendo meu pescoço.

Janine ouvia cada palavra da irmã, derramando lágrimas esporádicas, enquanto se assustava com o relato.

– Não se preocupe, querida. Nada vai lhe acontecer – disse a princesa, apertando-a com força entre os braços.

– Obrigada, Nine. Eu pensei que aqui, na biblioteca, *ela* me protegeria... Sabe? A mamãe.

– Seu amor sempre vai nos proteger. Pode estar certa.

Finalmente, um pequeno esboço de sorriso surgiu na face da pequena Zaya.

Janine conseguiu convencê-la a sair dali, para que pudessem chamar o médico da corte e verificar a ferida em seu couro cabeludo feita pelo facão.

As duas irmãs saíram da biblioteca sob os olhares curiosos de todos, inclusive de Idílio, que voltara ao local, mas mantivera distância, apenas observando a cena.

O rei sempre demonstrara predileção pela filha mais velha de todas e pela mais nova. Portanto, Iriana e Zaya tinham sempre sua atenção e cuidados especiais, o que não acontecia com Rachelle e Janine.

Agora que Iriana se fora, Zaya era a única que ele tratava com algum tipo de carinho, entretanto, naquela situação, ele claramente fora afetado pela atitude da pequena ao cortar os próprios cabelos, e, sobretudo, ao reabrir a biblioteca buscando conforto na lembrança da mãe.

Assim que Janine e Zaya sumiram pelos corredores do castelo, ele fez o mesmo, mas em direção oposta.

O médico da corte foi chamado e receitou uma mistura de ervas para que Janine passasse na ferida de Zaya, a fim de obter uma rápida cicatrização.

A noite pesou sobre o reino e encontrou Zaya já adormecida, nos braços da irmã. Quando teve certeza de que a pequena repousava tranquila, Janine resolveu deixá-la por alguns instantes e ir buscar Merlin, que não as acompanhara quando subiram aos aposentos mais cedo. Por causa da agitação do momento, a princesa o soltara e o perdera pelos corredores.

O ranger da porta do quarto de Zaya foi estridente quando Janine a atravessou. Aquela ala do castelo estava completamente banhada em silêncio. Não fossem os guardas que patrulhavam os corredores, estaria também mergulhada em um vazio sem fim. Na verdade, era essa a sensação, de qualquer forma, pois os guardas agiam como se não estivessem ali e jamais dirigiam palavras ou até mesmo olhares aos membros da família real.

Sentindo o ar gélido da noite, Janine avançou pelo corredor e foi até o próprio quarto. Sua sombra parecia um fantasma a assombrá-la pelo caminho, projetada pelas luzes bruxuleantes das tochas na parede. Merlin não estava ali. Seu aposento jazia completamente vazio e silencioso. As rosas abertas, escorrendo pelo dossel, sorriam-lhe com graça e perfumavam tudo.

Isso só podia significar uma coisa. Ele estava na estátua do Príncipe Guerreiro.

Tal estátua fora o presente de um soberano que governara um reino amigo muitos séculos atrás e o oferecera a um dos ancestrais da família.

Em tamanho real, a estátua representava um familiar de Janine havia muito tempo falecido, enquanto empunhava uma espada à frente de um exército de cavaleiros.

Aquele objeto tão maravilhoso era sempre motivo de júbilo de Idílio, portanto, considerado intocável.

Um motivo a mais para que Merlin o tivesse elegido como seu segundo cantinho preferido no castelo, além do quarto de sua dona. Ali era quase um ponto de encontro para ele. Sempre que não estava no quarto, ou perseguindo a dona aonde quer que fosse, o felino estava acomodado entre as pernas musculosas do Príncipe Guerreiro.

Idílio não cansava de insultá-lo e até tentar agredi-lo sempre que o encontrava ali, mas de nada adiantava, Merlin continuava a reservar alguns momentos do dia para voltar à estátua, que, por acaso, ficava em frente ao aposento do rei.

Nervosa com a possibilidade de Idílio realmente agredir Merlin, já que o rei estava em seu pior humor naquele dia, Janine andou apressada, seguida pelo fantasma da própria sombra, pelo som agitado dos próprios passos e pela luz tímida do luar, que penetrava as vidraças ocasionalmente pelo caminho.

Não foi surpresa que Merlin estivesse realmente ali.

– Seu diabinho – ela disse, esticando os braços para pegá-lo. O bichano estava claramente aborrecido por ter sido acordado de seu cochilo.

Um miado estridente ecoou pelo corredor.

– Shhhh... – Janine tentou silenciá-lo.

Temerosa de que o pai tivesse ouvido, a princesa encostou a cabeça à porta do aposento do rei. Um total silêncio a atingiu. Ele claramente não estava ali.

Respirando aliviada, ela deu meia-volta, e estava pronta para voltar correndo ao quarto de Zaya, onde passaria a noite para proteger a irmã caso os pesadelos voltassem, quando o som que ela mais temia na vida a atingiu.

Ele estava cada vez mais frequente desde que sua mãe e irmã mais velha sofreram o acidente e, por mais que a assombrasse desde que era criança, Janine jamais se acostumara.

O mesmo som de gritos. Gritos fracos, mas tão cheios de dor, que cortavam as noites e madrugadas no silêncio do castelo. Eles não aconteciam todos os dias. Às vezes, demoravam a voltar. Mas nunca desapareciam por completo. Quando menos se esperasse, ali estariam, a atravessar a noite e chegar aos ouvidos de todos, trazendo-lhes a mesma dor compartilhada que carregavam.

Quando pequena, Janine costumava cobrir-se com todas as cobertas que tivesse no quarto e esperar até que eles passassem, tremendo de medo de que isso não acontecesse.

Nunca se soube quem os estava emitindo. A crença geral, tanto no castelo quanto pelo reino, era de que se tratava de um fantasma acorrentado nas masmorras.

Claramente, os gritos vinham exatamente daquele local; entretanto, o que Janine sempre temera foi que estivessem sendo proferidos por alguém vivo. Quem estaria ali, sob o castelo, a passar tanta dor por tantos anos?

As masmorras eram quase uma cidade subterrânea, com corredores e câmaras que Janine jamais ousaria explorar. Além disso, havia ali um calabouço, com um conjunto de prisões para os inimigos do rei e condenados por ele capturados. Como se tudo isso não fosse suficientemente assustador, já que tudo ali estava sempre banhado em escuridão pela ausência completa de janelas naquele subsolo monstruoso, ainda havia uma ala restrita, com saletas misteriosas e, segundo a lenda do próprio castelo, uma prisão particular, vedada, à qual somente o rei e poucos cavaleiros tinham acesso.

Talvez não fosse realmente um fantasma que estivesse naquele local. Poderia ser, conforme a princesa temia, um prisioneiro que o rei gostaria de manter em segredo. Qualquer uma das opções seria terrível, na verdade.

Os gritos continuaram, e a princesa apertou os passos, para acalmar Zaya, que certamente devia ter acordado com o terrível som.

Até Merlin parecia agitado em seus braços, por conta dos gritos vindos do calabouço. Janine subitamente deteve-se e escondeu-se na entrada de um novo corredor, quando o som de passos apressados atingiu seus ouvidos.

Sua surpresa foi imensa ao constatar que se tratava do pai. Idílio se dirigia ao próprio aposento, com suas frias e enigmáticas expressões de sempre, embora houvesse um brilho diferente, que Janine não sabia identificar.

Ela manteve o focinho de Merlin apertado, para que ele não miasse, e respirou novamente apenas quando o pai passou por eles e entrou no próprio quarto, batendo a porta de madeira com força.

Estranhamente, ele estava sozinho. Era a segunda vez no dia que Janine o encontrava daquela forma. A morte da rainha e de Iriana havia realmente o afetado, embora ele não mencionasse o assunto. Era costumeiro vê-lo sempre acompanhado por Apogeu, o anão, que era seu fiel serviçal e conselheiro.

Janine, contudo, não tinha tempo para tantas divagações. Precisava chegar até Zaya. Ela correu o mais rápido que pôde, e, quando chegou ao quarto da irmã, seu contentamento e alívio foram imensos ao ver que, milagrosamente, ela permanecia dormindo. Janine deu-lhe um suave beijo na ponta do nariz, pensando que, apesar do estranho fato de Zaya não ter sido acordada pelos gritos, ela realmente merecia uma noite de sono tranquilo, assim como suas suaves expressões adormecidas mostravam.

A princesa aninhou-se ao lado da pequena irmã, deixando Merlin ajeitar-se aos seus pés na imensa cama de dossel, apagou a vela sobre o criado-mudo e entregou-se à escuridão do sono.

A manhã seguinte trouxe ainda o gelo e o frio, que condenavam o reino de forma cruel a cada novo alvorecer. Os camponeses que ainda tinham algum tipo de trabalho, capaz de ser executado em um solo tão condenado, saíram de seus casebres com as primeiras luzes da manhã, enquanto os demais continuavam a lutar contra o tempo para encontrar comida ou algum tipo de cura para seus doentes.

Thomas, o artesão, trabalhara a noite toda em sua loja sob a luz das velas. Ele parecia estar esculpindo algo muito especial. Uma figura feminina, coroada e maravilhosa, com longos cabelos que iam até os pés. Começara seu trabalho no instante em que a coroa pousara sobre a cabeça de Janine e só descansaria quando terminasse a homenagem à nova princesa do reino.

Os guardas reais caminhavam pelo povo, deixando pesadas marcas na neve pisada pelo chão, encontrando animais mortos e casebres destruídos.

Era essa a vista que Janine teve ao encaminhar-se para o observatório do castelo naquela manhã, trajando um grosso vestido azul, mas incapaz de protegê-la do frio. Seus cabelos estavam trançados pelas costas, deslizando na pedra que ela pisava, impecáveis, negros e vermelhos. Ainda não se acostumara com o peso da coroa, mas, em ocasiões como aquela, não poderia deixar o valioso objeto repousando na câmara das coroas, junto à do pai, como nos dias comuns. Aquele era um dos momentos em que a coroa precisava estar em seu devido lugar, mostrando a todos quem ela era.

A família toda estava ali, incluindo Zaya, que despertara feito um anjo após uma noite tranquila, e cuja falta dos cabelos atraía olhares por onde ela passasse, embora ninguém ousasse questionar.

Do alto do castelo, tremendo de frio, Janine viu quando um pontinho surgiu na colina ao longe.

– É ele! É ele! – Ouviu quando alguns criados sussurraram.

Não demorou muito para que se escutasse o badalar do sino real. O sino ficava na torre mais alta do castelo e, além de ser um sinal para avisar aos guardas e guerreiros sobre ataques e aproximações indesejadas aos muros da cidade, era também uma forma de saudar os visitantes bem-vindos. Nesse caso, não se tratava apenas de um visitante, mas, sim, de um novo morador do reino. O novo padre.

Vagarosamente, enquanto o sol se erguia no horizonte, o padre se aproximava do reino, aparentemente no dorso de algum animal lento e cansado. O sol, contudo, não fez questão de sorrir-lhe em sinal de boas-vindas. Os guardas gritaram, e os criados escoltaram os membros da família real para seus aposentos, em meio a uma confusão de pessoas que começaram a correr pelo castelo e ao redor dele, por todo o reino. O céu desabou em flocos de destruição.

– Não é possível, a maldição está cada vez mais forte. O novo padre nem chegou e já vai morrer no caminho. – Janine ouviu um serviçal comentar com outro.

Ela sabia do que estavam falando.

Desde Zordan, nenhum padre do reino vivia por mais de um ano. Já haviam sido muitos. Talvez, o serviçal estivesse correto em seu comentário.

O rei, por outro lado, parecia não querer deixar aquilo acontecer, e enviou os cavaleiros reais para buscarem o padre, que já alcançava a muralha da cidade, para que ele chegasse de forma mais rápida e segura.

Infelizmente, a família e os moradores da cidade não puderam saudar o padre como se deve. Todos haviam se recolhido em razão da forte nevasca, que, novamente, chegara de surpresa.

No aconchego de seu aposento, junto de Merlin, ela aproximou-se à janela a fim de espiar a chegada do novo homem sagrado ao reino.

E lá estava ele.

Usando uma veste longa e marrom, que lhe cobria todo o corpo, além de um capuz que escondia sua face, ele foi escoltado para os fundos da igreja, que ficava em frente ao castelo, permitindo que a princesa visse toda a cena com clareza.

Os cavaleiros o escoltaram, assim como seu animal, que parecia um burrinho negro e desesperançado, e voltaram rapidamente para o castelo, protegendo-se da nevasca, que se intensificava a cada instante.

Assim, numa frieza imensurável, a nevasca durou sete dias e sete noites. Mortes e perdas continuaram a castigar o reino, como se a desgraça já não houvesse sido intensa o suficiente nos últimos meses.

Um criado da família real levou refeições ao novo padre por todos aqueles dias, e Janine permaneceu em vigília na frente da sua janela, espiando os vitrais ao fundo da igreja, onde ele agora vivia em completa clausura.

Ela não sabia explicar, mas aquele mistério a atraía de uma forma intensa e estranha. A princesa apenas adormecia ao testemunhar que o padre apagara as últimas velas, e, quando ela acordava, corria até a janela, mas nada nunca mudava naquele cenário. A neve continuava a cair, o reino a sofrer, e a identidade do padre a ser um completo mistério.

Era perturbador pensar que um completo estranho lhe roubasse tantas horas de atenção e tivesse se tornado sua única preocupação durante aqueles dias extremamente frios. Há tempos ninguém novo chegava ao reino.

Talvez, em seu íntimo, camuflado pelo medo do que aquilo significava, a princesa pôde sentir quando o vira surgir feito um pontinho nas colinas ao longe, que aquele novo morador era, na verdade, mais que um homem sagrado. Era alguém em quem deveriam depositar suas esperanças de dia melhores.

Tantas tragédias tiraram a vida dos padres anteriores, como numa maldição. Ela estivera certa de que não teriam um novo padre por muito tempo. Contudo, ao vê-lo se aproximar e enfrentar a nevasca repentina, ela soube, de alguma forma silenciosa, que o padre havia sido levado ao seu reino por um *sopro divino*.

Quando Abigail veio buscá-la na oitava manhã, para ajudá-la a se vestir para a cerimônia de recepção oficial do padre, Janine surpreendeu-se se sentindo embaraçosamente nervosa.

Temia que, de alguma forma, ele a tivesse visto na janela espiando-o, embora aquilo fosse impossível.

Após tomar o desjejum e vestir um de seus melhores vestidos, Janine colocou a coroa na cabeça e desceu pelas escadas do castelo. Postando-se ao lado de Idílio, que permanecia sério e imóvel, feito uma rocha em meio ao salão principal, ela apenas aguardou em silêncio. Então, os clarinetes foram ouvidos; e as portas, abertas.

Um homem encapuzado, com as mesmas vestes marrons que Janine observara em sua trágica chegada ao reino, penetrou o salão e encaminhou-se ao centro, parando diante do rei e da princesa.

Janine prendeu a respiração e sentiu acelerar o coração.

Queria ver a face daquele completo estranho que chegara ao seu reino e estivera enclausurado por sete dias e sete noites, tornando-se um misterioso enigma para seus olhos e sua mente.

O padre, finalmente, levantou o capuz e deixou sua face à mostra. Então, mergulhou em uma profunda reverência, dizendo:

– Majestade. Vossa Alteza. Sou o padre Lorenzo, a seu dispor.

Will interrompeu a narrativa, já que Janine encontrava-se extremamente emocionada.

– É reconfortante ouvir essa parte da minha história, que foi tão difícil, sendo contada com tantos detalhes.

– Eu li sua história muitas vezes. Por entre magia, anjos e demônios, guerras e destruição, você sempre lutou pelo amor. Você, princesa, e o seu padre sempre foram motivo de inspiração para mim.

– Nossas histórias se assemelham de muitas maneiras, Will. O vinhedo com as uvas mais deliciosas que se possa imaginar, a companhia de nossos queridos animais de estimação, o amor por nossa terra e família, uma trajetória difícil, marcada por tempestades capazes de destruir tudo.

– Mas, no seu caso, após a nevasca, você encontrou o padre Lorenzo. Quanto a mim, a tempestade não trouxe nada, apenas levou. Minha Daiana se foi.

– E é por isso que estou aqui hoje, querido Will, para mostrar a você a importância das tempestades em nossa vida. Agora eu compreendo. Os vinhedos e os aromas que eles ocultam, como as rosas do meu quarto ou as damas-da-noite de sua fazenda, também são importantes, eles nos fazem quem somos. Contudo, não somos feitos apenas de lembranças perfumadas, como você bem sabe. Somos construídos por perdas e derrotas também, e não podemos esconder isso de nós mesmos. Há tempestades que passam por nós e não nos ferem, mas há outras que carregam partes de nós. Em seu caso, uma parte muito importante foi levada, há duas décadas. Em meu caso, as constantes tempestades me feriam, pois assolavam meu reino e destruíam meu povo dia após dia. Mas chegou um dia em que uma nova tempestade trouxe um padre à minha vida e isso mudaria tudo.

– *A princesa e o padre* – disse Will. – Meu livro favorito.

– Como sabe, nós nos conhecemos após a tempestade, mas tivemos de enfrentar muitas outras para ficarmos juntos. E isso resume tudo o que temos a dizer um ao outro nesta noite, neste vagão de metrô. Há tempestades que destroem, mas há também tempestades que constroem. Algumas levam, outras trazem. E assim, a vida é um ciclo.

– Um ciclo de escolhas.

– Exato. Você opta por fugir das tempestades ou por encará-las, até que alguma delas traga algo de bom, quando você menos espera, e mude as estações da sua vida.

– Você é uma princesa muito sábia. Seu povo teve muita sorte quando você foi coroada. Aliás, foi tudo real? Você existe de verdade? Desculpe, esta viagem estranha de metrô está me deixando um pouco confuso. Você é uma princesa, que se apaixonou por um padre, que chegou ao seu reino, montado num burro, no meio de uma nevasca?

– É claro que sou, Will. Todas as histórias são reais de alguma forma.

– E hoje? Onde vocês estão? Como é o fim da história? Vocês estão juntos?

– Will, meu amigo. Você conhece minha história tão bem quanto eu. E também conhece a sua. Isso é suficiente para que você tenha todas essas respostas. Não há fim para nenhuma história. Tudo sempre continua de alguma forma, mesmo que a gente precise descer do vagão em que estávamos e partir para a próxima estação.

Ela respirou fundo e, com sua voz bondosa, continuou:

– Se há amor, sempre estaremos juntos, nada mais importa. Essa é a resposta para minha história de amor proibido com meu padre e também para sua história com a Daiana, proibida pelo tempo de seguir em frente. Você sabe muito bem, Will, que amor não se impede e amor não se mata. Ele muda de estação, mas sempre leva para algum lugar. É como uma viagem infinita sobre trilhos desconhecidos. Nos reinos longínquos ou nas grandes cidades, as tempestades causam destruição, mas, acima de tudo, causam mudanças e, se permitirmos, as mudanças são interiores e para sempre, mudando-nos, fazendo com que vejamos mais amplamente que, além das parreiras e das flores, há um mar inteiro esperando por nós. Um oceano novo, uma vida toda. Sempre.

10.
O presente de Sol

Agora, contudo, depois de muito rodar, encontrava-se exatamente onde tudo começara.

Fazendo reverência, a Princesa Janine seguiu viagem, descendo na estação em que Will nem se dera conta de que haviam chegado.

Como num passe de mágica, da mesma forma graciosa e inesperada como chegara, Janine agora se fora.

Ele sabia o que viria a seguir, quando o metrô ganhou velocidade, e ele seguiu viagem sozinho mais uma vez.

O celular tocou.

Pela primeira vez, ele estava verdadeiramente pronto para atendê-lo.

– Sol – ele disse.

– Olá, Will. Vejo que está mais confortável na viagem.

– Sim, já faz bastante tempo que estou viajando neste metrô. Aliás, Sol, pode responder pelo menos a uma pergunta?

– Vou tentar.

– Quanto tempo se passou desde que entrei neste vagão de metrô?

– Você ainda não está fazendo as perguntas certas, meu querido.

– É que aconteceu muita coisa. A jovem Daiana, a personagem que eu criei em meu livro. Mina e sua narrativa de perdas e recomeços. Rumer, e sua história que se espelha à minha. Janine, a princesa do meu livro favorito da adolescência, com seu vinhedo e sua trajetória de lutas e conquistas, com muitas tempestades. Sinto que estou mudando a cada nova estação.

– Definitivamente, eu não poderia estar mais feliz! – disse Sol.

– Seus planos deram certo, afinal.

– Eu não diria que eram exatamente meus planos, Will. A vida sempre nos leva para a estação seguinte, com encontros e reencontros, desde que estejamos prontos para iniciar viagem.

– Sol, eu tenho uma suspeita.

– Diga.

– Você está... conduzindo este metrô?

Sol riu alegremente e, mais uma vez, esquivou-se da pergunta.

– Como lhe disse uma vez, explicar o que faço é meio complexo. Tenho muitos e diferentes trabalhos ao mesmo tempo, Will. Mas não vamos falar de mim. E sim de você. Está chegando a próxima estação, eu gostaria de convidá-lo para outro tipo de passeio.

– Está dizendo que devo descer na próxima estação?

– É um convite. Você decide seus passos. A porta estará aberta.

– Você tem muitos enigmas, Sol. Gosto disso.

Após alguns instantes, refletindo sobre tudo e mantendo o celular bem próximo, Will sentiu-se assustado, com medo do que estava por vir, assim que o vagão parou em uma estação e as portas se abriram.

– Você já tomou sua decisão? O metrô não ficará parado aqui por muito tempo, ele sempre segue em frente – Sol disse ao telefone.

– Já tomei minha decisão – respondeu Will.

Com o coração pulsando, acelerado, mas em paz, Will deu um passo para fora do vagão do metrô.

Havia medo em seus olhos, mas muita vontade de seguir em frente, de saber o que aquela próxima estação guardava para ele.

– Estou com você – Sol disse ao telefone.

Will prendeu a respiração e fechou os olhos por um instante. A claridade era tanta que ele tinha de se acostumar. Estivera por muito tempo (embora jamais pudesse identificar exatamente o quanto) no vagão do metrô.

Sua cabeça doía um pouco, em razão da velocidade de sua viagem até essa nova estação.

Com os olhos agora semiabertos, espreitando a visão, ele mal pôde acreditar no lugar a que havia chegado. Viajara de metrô por entre as lembranças de Mina, da Daiana que ele criara, de Rumer e até mesmo por entre a história longínqua de sua personagem preferida, a princesa Janine. Agora, contudo, depois de muito rodar, encontrava-se exatamente onde tudo começara. O lugar do qual ele tentara fugir, vinte anos atrás. Tudo estava ali, bem à frente de seus olhos. O sol brilhava forte no céu. Então, aquela seria a estação final?

Ele mal podia acreditar no que seus sentidos lhe contavam. O frescor do mar próximo, o cheiro das uvas e dos vinhos, e, até mesmo, o perfume delicado das damas-da-noite. Will estava em casa.

Will sentiu-se ainda mais confuso quando Tilim e Estéfano, seus amados perdigueiros, passaram correndo por ele, para ir brincar por entre as uvas.

Sua mãe, ao longe, do outro lado da fazenda, parecia levar algo para o vinhedo, ajudando o marido. Vários funcionários trabalhavam em seus afazeres.

As cores do local eram mais vibrantes do que nunca, chegando a ofuscar a vista.

– Sol? – ele disse, com o celular colado ao rosto. – É maravilhoso e assustador ao mesmo tempo estar de volta à vinícola. Como senti falta deste lugar! Pensei que nunca mais o veria. Contudo, estamos de volta no tempo. Se estes fossem os dias atuais, Tilim e Estéfano não estariam aqui e muitos outros detalhes seriam diferentes. Quer me dizer o que está acontecendo? Você disse que não era possível voltar no tempo.

– Nós não voltamos no tempo, Will. Este é apenas um vislumbre. Veja bem de perto.

Com receio, porém, um misto terrível de curiosidade e nostalgia, Will começou a caminhar. Primeiramente, andou por entre as parreiras. Ao tocá-las, algo inesperado aconteceu. As cores vibrantes ao seu redor começaram a se ofuscar, e tudo que ele tocava ou por onde andava tornou-se cinza. Não havia mais cor nem brilho, conforme ele caminhava.

Olhou para os cães, que tanto amava, queria mais que tudo abraçá-los. Mas, quando se aproximou, eles desapareceram no ar. Eram fantasmas de uma memória distante.

Correu até os pais, com pressa.

– Mamãe! – gritou. – Estou aqui, papai! Olhe para mim!

Seu desespero era gigante, ele ofegava.

Mas... o que temia aconteceu.

Sua família e os funcionários da vinícola logo desapareceram também. Tudo ficou preto e branco, sem cor ou vida, sem som ou movimento. Ele estava sozinho, em uma lembrança ofuscada, dolorosa.

Quando circulou a casa da família, viu ao longe a cabana de madeira que construíra para viver com Daiana.

– Isso foi vinte anos atrás – sussurrou. – O que estou fazendo aqui?

Foi então que se deu conta de que não apenas os sons e as cores haviam desaparecido. Ele não podia mais sentir aroma algum.

– Sol?

– Sim?

– Diga alguma coisa, por favor.

– Você sabe para onde tem de ir. As respostas estão lá.

Will correu, com a maior urgência que já sentira na vida. Arfando e suando, chegou ao velho jardim de damas-da-noite da sua mãe.

Ele sabia, antes de alcançá-las, o que encontraria. As flores estavam todas mortas.

Will abaixou-se por entre as flores, mortas e despedaçadas ao chão. E chorou.

Ele chorou por muito tempo. Não saberia dizer o quanto. Foi um tempo incalculável, assim como a jornada sobre trilhos que o levara até ali.

Quando finalmente se acalmou um pouco, ainda por entre soluços, disse para Sol ao telefone:

– Eu sei o que isso significa. Realmente não posso voltar no tempo. Minhas escolhas foram todas erradas. O tempo tirou tudo isso de mim.

– Isso tudo significa, na verdade, que você passou os últimos vinte anos regando flores mortas.

– Regando flores mortas? Eu não tive um regador nessas últimas duas décadas!

– Veja bem de perto, Will. Você vai entender.

A parte mais triste da narrativa de Will, ele não tivera coragem de contar para ninguém. Não conseguira colocar em palavras.

Quando tudo aconteceu, a grande tragédia com Daiana, ele logo partiu, deixando todo o restante para trás (ao mesmo tempo que, por ironia, levava tudo consigo). Porém, olhou para trás, uma última vez, antes de sair da fazenda, há vinte anos. Olhou justamente para o jardim de damas-da-noite.

Elas estavam todas mortas.

E uma parte dele, que ele não conhecia muito bem, podia jurar que, desde então, as flores nunca voltaram à vida.

Esta visita inusitada, por entre o tempo e as lembranças, que tingira toda a fazenda em tons de cinza, sem brilho, cor, vida ou perfumes, começava a fazer sentido a ele.

Will estava começando a entender o propósito de Sol tê-lo convidado a descer naquela estação.

Era como um quadro da sua vida, de seu passado, mostrando a ele como sua escolha de partir fizera com que as coisas se tornassem exatamente como ele agora as via. Tudo que tinha cor e perfume deixou de ter. Ele escolhera se distanciar.

Havia tido um rápido vislumbre de como as coisas poderiam ter sido. Ele poderia ter seguido com sua vida na vinícola, mesmo com todas as dores. Poderia não ter abandonado a família, os cães, as uvas. Seu verdadeiro lar. Sua essência.

Ou, ao menos, ter mantido certo contato, caso realmente precisasse da distância.

Quando descera nesta estação, vira em cores como tudo teria sido: carregado por dor, mas cercado por tudo o que mais amava. Contudo, não se pode voltar atrás nas escolhas, elas nos definem por completo.

– Eu fiz as escolhas erradas – ele disse a Sol.

– Não, não fez. E é justamente isso que você precisa entender. Este é o momento mais importante da nossa jornada, Will. Eu o trouxe a esta estação, que lhe mostra sua vida, como ela poderia ter sido e como ela se tornou, justamente para que compreenda que, de uma forma ou de outra, nunca fugimos de quem somos e de tudo o que amamos. Eles sempre esperam por nós. Podem estar castigados pelo tempo, por esperas longas e dolorosas, mas nada que é verdadeiro se vai de verdade.

– A Daiana se foi. Meus cães. Talvez eu ainda tenha tempo de falar com meus pais.

– Will, eu disse que regou flores mortas, você ainda não compreende o que isso significa?

– Que eu perdi meu tempo, nessas últimas duas décadas?

– Não, Will. Há sempre duas formas de se olhar para a vida. Do ângulo que eu vejo, regar flores mortas significa que, no fundo, você não perdeu as esperanças de ver vida onde pensou haver apenas destruição.

– Há sempre uma forma de recomeçar. É isso o que Mina, a jovem Daiana, Rumer, a Princesa Janine e agora meu retorno à vinícola tiveram o propósito de me mostrar?

– Isso é um bom ângulo para se ver as surpresas que você teve a cada estação – disse Sol.

– Mas tudo vai ainda mais além.

– Exato, Will.

– Eu realmente terei uma nova chance, mesmo sem minha Daiana? Como?

– Se optar por seguir em frente em sua jornada, os trilhos continuarão a levá-lo para lugares que você nem imagina.

– Assim como Mina teve sua chance de reencontrar Jack?

– Eu gosto tanto da Mina – disse Sol. – Você reparou como ela está sempre descalça? É por causa das marcas que ela quer deixar nos pés, de cada passo que der, assim como acontecera com Jack.

– Ela falou muito sobre marcas mesmo. E eu me pergunto, quais marcas estou deixando?

– Esta é a melhor pergunta que você me fez, Will – disse Sol, radiante.

Ele continuou a olhar para a fazenda, sentindo o maior amor do mundo por tudo o que estava ao seu redor, mesmo que sem cores. As pessoas e os animais que ali dividiram uma vida com ele, os sonhos que construiu junto das parreiras e do mar, mesmo que eles tenham sido exatamente isso, apenas sonhos. Eram parte dele, sua parte mais verdadeira.

Nada que é verdadeiro desaparece por completo. Há sempre um rastro de perfume que fica no ar, mesmo que quase imperceptível, e sustentado por nada mais que a própria fragilidade.

– Sol, acho que sei a resposta – Will disse por fim. – O livro. Ele é uma marca que estou deixando.

– Uma linda marca, um ano inteirinho que descreveu como teria sido, caso Daiana estivesse com você. Mas há mais, Will. Há as marcas que você deixou na terra, com seu trabalho, seus passos, suas palavras, seus gestos e sentimentos. Até mesmo seus pensamentos. Tudo cria uma marca que modifica o mundo. Somos responsáveis por tudo o que deixamos para trás, as pequenas e as grandes coisas, elas ficam para sempre. Por isso, eu sempre digo, se nossas marcas forem construtivas, como o amor, por exemplo, imagine como seria o mundo inteirinho?

– Seria como uma vinícola, à beira-mar, com parreiras a se perder de vista e um jardim de damas-da-noite aos fundos – Will disse, enquanto caminhava de volta para o metrô, pronto para seguir em frente.

– Com dois cães grandes e desajeitados, correndo por todos os lados! – Sol completou.

Epílogo

Esta história termina onde começa. E começa onde termina.

Como tudo sempre tem dois ângulos, dessa vez é hora de ver tudo de forma diferente. Will, conduzido por Sol, encontra-se agora na estação inicial.

Sim, após a visita à fazenda, eles retornaram para o ponto de partida. A estação em que Will planejou acabar com tudo, antes que seu celular tocasse. Ele sente-se mais confiante do que nunca, repleto de aprendizados e conquistas, que adquiriu na viagem de metrô mais emocionante que se possa imaginar.

É como se ele conhecesse a si próprio e a própria vida de forma mais profunda.

Passo após passo, ele sai do vagão do metrô e caminha na plataforma. Contudo, ela agora está muito diferente de quando ele a deixou. Está movimentada, com pessoas correndo para todos os lados.

Sentindo-se estranho e confuso, ele começa a entender, finalmente, o que havia acontecido. A ligação de Sol não o impedira de fazer aquilo que fora buscar na estação. Ele olha para baixo, para os trilhos, sob o vagão estacionado. E se vê.

– Você disse que eu teria outra chance! – grita ao celular, desesperando-se.

A linha está muda. Sol não está lá.

Ele corre para todos os lados, tenta falar com as pessoas, mas ninguém o vê. Grita, chora, implora por ajuda.

Então, escuta o próprio celular tocar.

Para sua surpresa, o aparelho está tocando dentro do vagão do metrô parado.

Estranho, pois ele jura que estivera segurando o celular esse tempo todo.

Sem pensar duas vezes, corre até lá e atende.

– Sol? Sol! Finalmente! O que está acontecendo? O que eu fiz? Como posso seguir em frente depois de ter...

– Acabado com tudo? – Sol diz, com sua voz alegre de sempre.

– Sim!

–Você não acreditou em mim quando eu disse que nada termina, Will? E também quando eu disse que sempre é tempo de recomeçar?

– Mesmo para mim? Eu fiz algo terrível.

– De fato. Ainda assim, eu o convido para uma viagem de metrô. Há muitas estações para você visitar, muitas formas de se perdoar. Basta querer seguir em frente.

– Basta querer ir para algum lugar e não para lugar algum.

– Está pronto?

– Sim. Eu estou pronto.

O que Will não sabia era que sua querida mãe, agora já bem velhinha, sempre o observara, durante aqueles vinte anos, ela sempre soube onde ele estava e o que estava fazendo.

Ela o amava o suficiente para compreender que ele optara por aquela distância.

Agora, mesmo que ele tivesse partido em uma nova viagem, ela foi até seu apartamento e segurou com força o livro que ele escreveu sobre Daiana.

Sol iria fazer alguns telefonemas para que tudo acontecesse, mas já tinha planos para que, em breve, aquela história fosse publicada, tornando-se mais uma marca de amor deixada no mundo. Isso era extremamente necessário, ainda mais quando a marca surge da dor, mas encontra uma forma de se fazer bonita.

As coisas mais importantes da vida são assim, trazidas por tempestades.

São como as flores mortas que, um dia, em uma nova estação, voltam a desabrochar. A gente rega tais flores, com um pouquinho de esperança, porque, no fundo, conhecemos a nossa essência: somos vulneráveis e delicados, querendo ser notados na multidão.

Somos todos como as damas-da-noite na vinícola de Will. A gente sempre renasce, de alguma forma, e volta a perfumar, mesmo após a pior das tempestades.

Somos as pessoas que conhecemos, os lugares que visitamos, as palavras que enunciamos, os personagens que amamos, as decisões que tomamos, as batalhas que vencemos, e na mesma proporção, as que perdemos.

Will sabe disso. Ele agora compreende. E é justamente por isso que sua história não tem fim. Como todas as outras, sua jornada continua, a cada nova estação.

Ele está indo para *algum lugar* neste momento, assim como você, e, em alguma estação, deste labirinto de trilhos sem fim, a gente acaba se encontrando.

Até lá.